KENDA MŨIYŨRU:

Rũgano rwa Gĩkũyũ na Mũmbi

Thiomi cia Abirika

1. *Kaana Ngya* – David Maillu
2. *Ogilo Nungo Piny Kirom* – Asenath Odaga
3. *Miaha* – Grace Ogot
4. *Mĩikarĩre na Mĩtũũrĩre ya Amĩrũ* – Fr. Daniel Nyaga
5. *Mũũgĩ nĩ Mũtaare* – Philip M. Ng'ang'a
6. *Mũrogi wa Kagogo (Mbuku ya Mbere)* – Ngũgĩ wa Thiong'o
7. *Mũrogi wa Kagogo (Mbuku ya Kerĩ)* – Ngũgĩ wa Thiong'o
8. *Mũrogi wa Kagogo (Mbuku ya Gatatũ)* – Ngũgĩ wa Thiong'o
9. *Mũrogi wa Kagogo (Mbuku ya Kana)* – Ngũgĩ wa Thiong'o
10. *Mũrogi wa Kagogo (Mbuku ya Gatano)* – Ngũgĩ wa Thiong'o
11. *Mũrogi wa Kagogo (Mbuku ya Gatandatũ)* – Ngũgĩ wa Thiong'o
12. *Mwandĩki wa Mau Mau Ithamĩrioinĩ* – Gakaara Wanjaũ
13. *Mũtaarani Mũgĩkũyũ* – Albert Wakũng'ũ
14. *Njamba Nene na Mbaathi ĩ Mathagu* – Ngũgĩ wa Thiong'o
15. *Ngaahika Ndeenda* – Ngũgĩ wa Thiong'o na Ngũgĩ wa Mĩriĩ
16. *Njamba Nene na Cibũ Kĩng'ang'i* – Ngũgĩ wa Thiong'o
17. *Caitaani Mũtharabainĩ* – Ngũgĩ wa Thiong'o
18. *He Gatũ Ngũhe Kanua* – John Gatũ
19. *Mutiiri Njaranda ya Mĩikarĩre*: Manja I. Iruta 1 – Ngũgĩ wa Thiong'o *na angĩ*
20. *Mutiiri Njaranda ya Mĩikarĩre*: Manja I. Iruta 2 – Ngũgĩ wa Thiong'o *na angĩ*
21. *Mutiiri Njaranda ya Mĩikarĩre*: Manja I. Iruta 3 – Ngũgĩ wa Thiong'o *na angĩ*
22. *Mutiiri Njaranda ya Mĩikarĩre*: Manja I. Iruta 4 – Ngũgĩ wa Thiong'o *na angĩ*
23. *Bathitoora ya Njamba Nene* – Ngũgĩ wa Thiong'o *na angĩ*
24. *Esabaria yokorora ching'iti chiorosana* – Ezekiel Alembi
25. *Ogake Bodo* – Frank Odoi
26. *Ogasusu na Abasani Baye Aboro* – Anderea Morara
27. *Rwĩmbo rwa Njũkĩ* – Ngũgĩ wa Thiong'o
28. *Nyoni Nyonia Nyone* – Ngũgĩ wa Thiong'o
29. *Kenda Mũiyũru* – Ngũgĩ wa Thiong'o

KENDA MŨIYŨRU:

Rũgano rwa Gĩkũyũ na Mũmbi

Ngũgĩ wa Thiong'o

East African Educational Publishers

Nairobi • Kampala • Dar es Salaam • Kigali • Lusaka • Lilongwe

Mũcabithia:
East African Educational Publishers Ltd.
Elgeyo Marakwet Close, off Elgeyo Marakwet Road,
Kilimani, Nairobi
Ithandũkũ rĩa marũa 45314, Nairobi - 00100, KENYA
Thimũ: +254 20 2324760
Thimũ ya guoko: +254 722 205661 / 722 207216 /
733 677716 / 734 652012
Imĩrũ: eaep@eastafricanpublishers.com
Kĩeya kĩa rũrenda: www.eastafricanpublishers.com

Acabithia a East African Educational Publishers nĩ marĩ mawabici kana arũgamĩrĩri
mabũrũri inĩ maya: Uganda, Tanzania, Rwanda, Malawi, Zambia, Botswana na South
Sudan.

Rĩacabirwo hĩndĩ ya mbere 2018

ISBN 978-9966-56-382-8

Rĩcabĩirwo Kenya nĩ
Ramco Printing Works Ltd.

WATHĩRĩRI

ŪTONGORIA

Kuma rĩrĩa ndĩ mwana ndaiguire cia Gĩkũyũ na Mũmbi, na airĩtu ao kenda, ndatũire ndĩyũragia, anake arĩa mahikanirie nao moimire kũ? Maarĩ a?

Ngĩthoma mabuku maingĩ mũno, kũmatha kĩrĩra: Jomo Kenyatta, *Njũthĩrĩirie Kĩrĩ Nyaga (Facing Mount Kenya)*; *Gakaara wa Wanjaũ, Mĩhĩrĩga ya Agĩkũyũ*; Godfrey Mũriũki, *Hithitũrĩ ya Agĩkũyũ (A History of the Akikuyu)*, na ingĩ nyingĩ. Ndarora cia rũthiomi na mĩtugo mĩingĩ, ngĩona atĩ arĩa metagwo andũ a Kĩrĩ Nyaga – Thagicũ, Tharaka, Cuka, Mbeere, Gĩcũgũ, Ndia, Mĩrũ, Embu na Ikamba – nĩ matarainie. O na ndaikia maitho kabere ga Kĩrĩ Nyaga, ngona atĩ ndũrĩrĩ nyingĩ cia Kenya nĩ itarainie maũndũinĩ mamwe, na igatigana na mangĩ. Ikamba nĩ magwetaga Mũgĩkũyũ ng'anoinĩ ciao cia kĩhumo. Abagusii moigaga atĩ ithe mwambĩrĩria wa rũrũrĩ rwao, Mogisii, marĩ a nyina ũmwe na Mũgĩkũyũ me hamwe na angĩ atatũ, makĩũranwo me thamainĩ kuma Mithiri (Egypt).

Ndũrĩrĩ nyingĩ cia Abirika nĩ igwetaga Mithiri makĩaria cia kĩhumo gĩacio. Amerũ nĩ maaragia ũrĩa maringire iria itune, makĩgera Mithiri morĩire andũ a nguo ndune.

Thiomi cia ndũrĩrĩ iria ciĩtanagio na kiugo Bantu, nĩ itarainie, na ciugo nyingĩ, ta iria igwetaga mũndũ, kĩndũ, mũtĩ, mwana, ng'ombe, Mũrungu (Ngai) nĩ ihanaine. Ningĩ othe moigaga kĩhumo kĩao nĩ Mũndũ, Muntu, kana Kintu. O na Abagusii maganaga atĩ ithe ũrĩa waciarire ithe wa Mogisii na ariũ acio ake atano, etagwo Kintu. Kũringana na ũtuĩria na mecirĩria ma Emmanuel Kariũki, Biraũni ũmwe wa Mithiri, ũrĩa wathanaga hakuhĩ mĩaka ngiri igĩrĩ mbere ya Njĩcũ gũciarwo, etagawo Mentuhotep, na rĩngĩ agetwo Kintu.

Ũthii na mbere wa Mithiri, ũrĩa wĩtagwo ũthitarabu, waikarire mĩaka ngiri na ngiri, na atĩ gũtirĩ ũthii na mbere o na ũrĩkũ, wĩ wa mangiriki kana wa andũ angĩ, ũrĩ watũũra mĩaka mĩingĩ ũguo. Athomi njata a Mithiri nĩo maarĩ a mbere kuga nĩ monaga irĩma cia mweri, gĩikaro kĩa Ngai, o na gũgatuĩka Athamaki amwe a Mithiri, Mabiraũni, nĩ mookaga nginya Kĩrĩ Nyaga, gĩ kĩmwe kĩa iria meetaga Irĩma cia Mweri, cikaro cia Ngai.

Ngĩcoka ngĩrora mabu na ngĩona atĩ bũrũri witũ na mabũrũri ma Ithiobia na Mithiri nĩ marigainie. Mũkuru Mũnene (The Great Rift Valley), ũrĩa wĩ irĩma nyingĩ cia mũtuthũko wa mwaki (volcano), na njũũĩ nyingĩ, na ũrĩa ũtuĩkaga nĩ guo kĩhumo kĩa andũ a thĩ yothe, wambĩrĩirie Abirika ya Mũhuro, ũgathiĩ ũguo, ũgereire Kenya, nginya Jordan na Labanon, Mabũrũri ma Irathĩro rĩa Gatagatĩ (Middle East). Mũkuru Mũnene ũcio nĩ ta guo watuĩkire njĩra nene harĩ thamainĩ cia andũ arĩa macokire gũtuĩka rũrĩrĩ rũrũ kana rũũrĩa.

Ũtukũ ũmwe ngĩhahũka toro. Ngĩona ta ndahingũka maitho ma ngoro, ta arĩ ũhoro ndĩraguũrĩrio. Ngĩthiĩ methainĩ, ngĩoya Karamu, ngĩandĩka rũrũ rwa Kenda Mũiyũru. Kwoguo rũgano rũrũ ti Hithitũrĩ nĩ Kĩguũrĩrio.

1

Matemo

Ngũgana rwa Gĩkũyũ na Mũmbi,
Aciari a rũciaro kenda mũiyũru
Itugĩ cia nyũmba ya Mũmbi
Mĩhĩrĩgo mĩhĩrĩgi mĩhĩrĩga kenda
Rũrĩra rũruru mũruru wa muoyo kĩambi rũrĩrĩ, o

Na cia ng'endo ciao o ho, ũrĩa
Ciamagereirie magerioinĩ marũrũ
Makaigua mũguthũrano rungu rwa thĩ,
Wa ithingithia igĩthingithia thĩ, naguo
Ng'ong'o wa ng'ongo ĩno na ĩno kũinaina,

Rĩngĩ irĩma njerũ igakonoka ndainĩ ya thĩ
Ikambata ĩkĩrĩrĩmbũkaga mwaki, naguo
Mũkuru ũigana kũrema tondũ wa kũrikĩra na kwarama
Ũgethondeka, atĩ mehũgũra, kũrora nĩ kĩĩ,
Marona o rũũĩ rwa mwaki rũgĩtherera thuthainĩ wao,

Magatambĩrĩra ng'ongoinĩ
Iria itarakana mwaki, na
O rĩrĩ moiga matĩnĩke
Kũhurũka hanini, magakora
Kĩhiga kĩngĩ gĩtune ta kĩ

Gĩkagaragara na kũrĩ o!
Acio, ndira ciande na ya werũinĩ
Rĩngĩ naguo mwaki nĩ ũmahĩtire,
Magacokia ndira ciande
O marĩona ha kũhurũka.

Maatũngire ithukia ngoro karũndo
Nayo mĩĩrĩ yao nĩ kũinaina
No ngoro ciao itingĩenyenya
Nĩ kwĩhotora mwĩhoko ngoro na
Kwĩrũmarũmia rũrigi rwa ũmĩrĩru.

Nĩ rĩo maakorire kĩrĩma
Kĩhutanĩtie na matu
Matiamenyire mwambatĩro
Meyonire me gathũrũmũndũinĩ
Na makĩamba kũgegeara,

Nĩ ũrirũ wa nyaga njerũ,
Ũhehu ũramathingata ta
Kũmeera matĩĩmĩre o hau
Magĩikania ritho marigĩrĩirwo:
Nĩ mbere kana nĩ thutha tondũ,

Mbere nĩ nyaga njerũ na hehu, ta
Kũndũ ĩngĩhehia ngoro, nakuo
Thutha nĩ njũũĩ cia mwaki

Na ngaragari cia mahiga na cio
Ithingithia no gũthukia thĩ mwena na mwena.

Matiehokokirwo mwĩhoko
Kana kwĩyũria 'narĩ-korwo'
Kana bĩĩ nũũ wahĩtithia ũngĩ,
O nĩ kwĩrũmia ũmĩrĩru, na
Gũikia maitho mbere gũcaria njĩra.

Kũraya makĩona kĩrĩma kĩngĩ,
Kĩerũ gathũrũmũndũ o ta gĩkĩ,
Ta cierĩ ciarĩ cia nyina ũmwe,
Makiuga: Kĩĩrĩa kĩrĩma kĩngĩ kĩa Mweri.
Mwena ũngĩ makĩona ingĩ,

Ikomanĩire ta ndarwa ciĩkũnjĩte
Makiuga: ici cia Nyandarwa;
Mwena ũngĩ nĩ kĩngĩ kĩhana
Njahĩ na kĩngĩ mbirũirũ; nĩ
Kĩo Kĩanjahĩ na Kĩambirũirũ.

Magĩthemeka nĩ ũthaka ũrĩa
Wamathiũrũrũka guothe:
Bũrũri mwaraganu kũmwe, na
Kũngĩ nĩ irĩma na mĩkuru,
Njũĩ gũthererera mathanjĩinĩ,

Nyamũ mĩthemba ĩtangĩtarĩka
Nĩ ũingĩ, cinamĩrĩire maaĩinĩ
Na ingĩ gũtũũha mĩenainĩ ya njũũĩ.
Gĩkũyũ na Mũmbi makĩĩhũgũra
Kahoora makĩamba kũrorana.

Matanacokia maitho mbere
Magĩtambũrũkia moko ta
Aya maramũkĩra bũrũri, makiuga:
Nĩ wega Mwene Nyaga nĩ ũyũ
Watũgaĩra ithuĩ na njiarwa cia njiarwa citũ

Magĩkĩrũma nyaga ngundi na
Makĩmĩhurunja gĩthakainĩ
Makĩambĩrĩria na igũrũ:
Thaai thathaiyai Ngai thaai!
Magĩcoka mwena wa Mũhuro:

Thaai thathaiya Ngai thaai!
Magĩcoka na wa Irathĩro:
Thaai thathaiya Ngai thaai!
Makĩrĩkia na wa Ithũĩro:
Thaai thathaiya Ngai thaai!

O rĩmwe makĩigua ngoro
Ciatuuma maaririkana kũrĩa
Managera kũndũ kwa irĩma,

5

Na njũũĩ ta ici, nyamũ ta ici,
Na gũtiamagucirie nĩ ũndũ wa

Mathĩĩna ma andũ na mũmbĩre.
Na rĩu ũthaka maatigire
Nĩ woneka ũiyũire na
Ũgaitĩrĩra, igai rĩa Ngai.
Makĩina rwa ngatho ndikĩru:

Mwene nyaga nĩ twakũgatha
Nĩ ũthaka ũyũ wakenga ta kĩ,
Tĩĩri ũyũ njũũĩ na irĩma nyingĩ
O na nyamũ mĩthemba mĩingĩ

Mahũa maya nĩ riri waku
Mĩtĩ na nyamũ hamwe na nyoni
Na ciũngũyũ njũũinĩ na ndiainĩ
Ciũmbe ciothe nĩ riiri waku

Twathikĩrĩria twaigua mũgambo
Waku Ngai ũkiuga ũthaka ũyũ wothe
Watwathĩra tũũramate wega
Kĩrorerwa riiri waku mwega

Kayũ gagĩtambia rwĩmbo
Mĩtitũinĩ na irĩmainĩ,
Mĩgambo ĩgatũnganĩra igũrũ
Yumĩte mwena na mwena,
Nyoni irũgarũgage nacio ngĩma gũcuuha mĩtĩinĩ.

Gĩkũyũ na Mũmbi makiuma
Kĩrĩmainĩ matekwĩhũgũra.
Harĩa mĩnoga yamarũndĩire
Maakomire toro mĩeri kenda,
Taarĩ toro wa kĩambĩrĩria.

Mokĩririo nĩ nyagathanga,
Mĩkũrũwe na mĩkũyũinĩ,
Ikĩrũgarũga na kũhuha
Mĩrũri igĩthonjaga ta kũmaathĩrĩra
Atĩ o nao make gĩtara kĩao hau.

Makĩigua ta maciarwo rĩngĩ!
Mũmbi agĩtua ithangũ mũkũyũinĩ.
Tondũ wa gũciarwo rĩngĩ, rĩu,
Ndĩrĩgwĩtaga Wamũkũyũ na,
Ngĩkũnania, ngagwĩta Mũgĩkũyũ …

Magĩkora mũtamaiyũ hau,
Gĩkũyũ agĩtua ithangũ
Akĩrĩnungĩra akĩigua wega.
Rĩaku no Mũmbi wanyũmbire,
Ngagwĩtania na ndamaiyũ,

Ngakũnania Mũtamaiyũ wakwa! Na
Makĩambĩrĩria gũthaka na marĩtwa:
Mũkũyũ! Gĩkũyũ! Mũmbi akoiga

7

Mũmbi! Mũtamaiyũ! Gĩkũyũ akoiga
Mũthuuri! Mũtumia! Makiuganĩra!

Makĩrorania maitho ta
Maya marakenga ũtheri, ta
Me kĩrotoinĩ gĩa gĩkeno, na
Magĩcokia mothiũ bũrũriinĩ,
Makiuga *Thaai! Thathaiya Ngai!*

Makĩmaroria kĩrĩ nyaga,
Makiuga *Thaai! Thathaiya Ngai!*
Nĩ kũmarehe mũkũrũweinĩ
Makĩina rwa ngatho nĩ kũigwo
Mũkũrũweinĩ wa Nyagathanga!

Mwene Nyaga nĩ twakũgatha
Nĩ ũthaka ũyũ wakenga ta kĩ,
Tĩĩri ũyũ njũũĩ na irĩma nyingĩ
O na nyamũ mĩthemba mĩingĩ

O naniĩ mũki na ndeto ĩno nĩ guo ngwamba gwĩka:
Gũthathayanĩra thayũ ngoroinĩ hote kũheana rũrũ
Rwa Gĩkũyũ na Mũmbi na kenda wao mũiyũru,
O ta ũrĩa rĩmwe ndahurutĩirio ũhoro nĩ rũhuho,
Ndĩ karĩmainĩ ngĩrorera thũngũrũrũ irereire rĩerainĩ …

2

Gūthaithanīra Rūrīmī Rūhūthe

Thaai thathaiyai Ngai thaai, na nĩ we Mũgai!
Thaai thathaiyai Ngai thaai, na nĩ we Mũgai!

Kũngĩ Abirika mamwĩtaga Mulungu na nĩ we Mũgai.
Kũngĩ Kalunga kana Mukuru kana Muungu na nĩ we Mũgai.
Amazulu mamwĩtaga Unkulunkulu na nĩ we Mũgai.
Angĩ Nyasai, Jok, Olodumare, Chukwu kana Engai na nĩwe Mũgai.
Ayahudi mamwĩtaga Yahwe kana Jehova na nĩ we Mũgai.

Ngai etĩkaga marĩtwa maingĩ ma kuuga nĩ we Mũgai.
Mithiri[1] ya tene maamwĩtaga Ngai atatũ thĩinĩ wa ũmwe:
Wariũki[2]
Wathũmbĩ
Wahũngũ

Ũtatũ ũtatũkaga kũingĩ:
Ithe
Nyina
Mwana
Ũtatũ wa ũciari.

---

1 Egypt
2 Isiris, Isis and Horus

Gũciarwo
Gũtũũra
Gũkua
Ũtatũ wa Muoyo.

Arĩa maathire tene
Arĩa marĩ ho
Arĩa magaciarwo
Ũtatũ wa Mũndũ.

Rũciinĩ
Mĩaraho
Hwaĩinĩ
Ũtatũ wa mũthenya.

Ira
Ũmũthĩ
Rũciũ
Ũtatũ wa Mahinda.

Ihinda rĩũkaga rĩhĩtũkĩte o ta rũũĩ:
Rĩa ira rĩgatuĩka rĩa ũmũthĩ,
Rĩa ũmũthĩ rĩgatuĩka rĩa ira na rĩa rũciũ

Rĩu nĩ rĩu na ti rĩu tondũ ihinda rĩtirũgamaga.
Ira nĩ ira na ti ira tondũ ihinda rĩtinarũgama.
Rũciũ nĩ rũciũ na ti rũciũ tondũ ihinda rĩtikarũgama

Ihu rĩa mũthenya rĩkuĩte ira ũmũthĩ na rũciũ
Tondũ mũthenya ũkinyaga ũgĩtuĩkaga ira na rũciũ
Mũtonyano wa mahinda ũgaciara tene mũhĩtuku na tene ũroka

Tene na tene wa tene, na
Tene na tene nĩ tene ũmwe,
Gĩthiũrũrĩ kĩa muoyo

Ngai nĩ muoyo.
Ngai nĩ ũmwe.
Muoyo nĩ ũmwe.

Ĩmwe nĩ yo kĩambĩrĩria kĩa mũmbĩre wothe,
Nĩ yo andũ a Mithiri matũire mamĩcaragia,
Na Mangiriki na Ayahudi na ndini ciothe,

Ĩrĩa ĩnyitithainie Thĩ ya tĩĩri na ya maaĩ
Na mũtambũrũko wa ĩgũrũ ũrĩa tuonaga
Na mĩtambũrũko ĩngĩ mĩingĩ tũtonaga na maitho

Mĩtambũrũko ĩyo nĩ yo gĩikaro kĩa mariũa na mĩeri na njata
Iria tuonaga na ingĩ nyingĩ tũtonaga!
Mĩciĩ mĩingĩ ya njata iria igemagia ũtukũ na gũtuonia njĩra

Ĩmwe nĩ yo kĩambĩrĩria kĩa ũingĩ wothe,
Rũgendo rũraya atĩa rwambagia na ikinya rĩmwe.
Ndũkanaire itata rĩa mbura.

Ngai nĩ maaĩ
Ngai nĩ tĩĩri
Ngai nĩ rĩera
Ngai nĩ riũa

Ngai nĩ ndũ ĩrĩa
Ĩ mũ-ndũ-inĩ
Ĩ kĩ-ndũ-inĩ
Ĩ ha-ndũ-inĩ
Ĩ ũ-ndũ-inĩ
Ndũ ĩrĩa ĩ ũ-ndũ-inĩ wothe
To-ndũ ĩyo ĩ kũ-ndũ guothe.

Gĩkũyũinĩ ĩtagwo Mũrungu na nĩ yo Mũgai,
Gĩkũyũinĩ ĩtagwo mwene nyaga na nĩ yo Mũgai,
Ngai ĩtĩkaga marĩtwa maingĩ na nĩ yo Mũgai.

Tũinage ũũ:
Ngai nĩ we nduma na ũtheri
Nĩ we kĩrĩa kĩrĩ ho na kĩrĩa gĩtarĩ ho
Nĩ we njata na mweri na riũa
Na itheri iria irĩ gatagatĩinĩ
Ngai nĩ we tene wa tene
Ngai nĩ we tene na tene
Tene ũrĩa warĩ kuo mbere ya tene
Na ũrĩa ũgoka thutha wa tene
Nĩ we Kũraya
Nĩ we Gũkuhĩ

Nĩ we haha na haarĩa na harĩa hangĩ
Ngai nĩ mũgai no ndagaĩkaga
Tondũ nĩ we mũgai ciothe
Nĩ we wĩgayaga akagayanĩra
Akahe tĩĩri na maaĩ na rũhuho
Akahe mĩtĩ na nyamũ na nyoni na ciũngũyũ
Tondũ nĩ we kĩambĩrĩria gĩa ciambĩrĩria
Ningĩ nĩ we mũthia wa mĩthia
Na mũthia wake noguo kĩambĩrĩria gĩake
Thĩ na thĩ ya thĩ nĩ thĩ yake na nĩ we cio
Igũrũ na igũrũ rĩa Igũrũ nĩ Igũrũ rĩake na nĩ we mo
Ngai nĩ we handũ hothe hĩndĩ ciothe mahinda mothe

Thathaiyai Ngai thaai nĩ we mũgai!
Thathaiyai Ngai thaai nĩ we mũgai!

Kũgayana nĩ rĩathani rĩa Ngai mũgai.
Gũteithania nĩ rĩathani rĩa Ngai mũteithania
Kũhotithania nĩ rĩathani rĩa Mũmbũre wothe.

O na ciĩga cia mwĩrĩ gũtirĩ kĩiganĩtie,
Irutithanagia wĩra nĩ kũiguithania, igĩteithania igateithĩka.
Gũtirĩ wĩyenjaga igoti, o na kwĩyona ngʼongʼo nĩ hinya

Thathaiyai Ngai thaai nĩ we mũgai na e guothe.
Thathaiyai Ngai thaai tondũ e thĩinĩ witũ ithuothe!

3

Kenda Mũiyũru

Nyongerera hinya hote kũgana rũrũ rwa Gĩkũyũ na Mũmbi,
Na no ruo rwa airĩtu ao kenda mũiyũru njuge ũrĩa ũthaka wao,
Wa mwĩrĩ, ngoro na kĩongo watambire ng'ongo cia thĩ,
Nginya anake amwe makoyanĩra hiũ na njũgũma,
Magĩkararanĩria ũthaka matarĩ maraũikia ritho,

Makahorerio nĩ arĩa manaruona makerwo
Igaai hiũ thĩ, athaka megũtũũra maciaragwo.
Kĩhooto kĩa ngoro nĩ kĩhoti gũkĩra kĩhootani kĩa rũhiũ.
Mũndũ nĩ ethaithanĩre na ciĩko no ti cia njũgũma.
Kenda ũcio nĩguo waciarire mĩhĩrĩga kenda!

Ngwambĩrĩria na marĩtwa mao rĩmwe kwa rĩmwe:
Wanjirũ, Wambũi, Wanjikũ, Wangũi, Waithĩra,
Waceera, Nyambura, Wairimũ, Wangarĩ, na
Wamũyũ wakũiyũria ĩtuĩke kenda mũiyũru
O mũhĩrĩga na kĩruka kĩaruo o ta ũrĩa kwĩragwo!

Wanjirũ Nyina wa Anjirũ
Nĩ we mũkũrũ wa kenda mũiyũru,
Mũhĩrĩga wake ũgũthũkaga Abonjirũ ĩ
Kwĩragwo athemengire hiti,
Kũruma ũkoroku wa ngoro cia hiti.

14

Ũthiũ wake ũkengaga riri mwega.
Ndarĩ njiriri akĩrira wega na thayũ,
Oigaga abo njirũ itũ nĩ tweherie mbũragano.
Agendi mamuma na thome kana na nyunjurĩ,
Oigaga ng'aragu ndĩhoyagwo ũhoro, ici irio.
Nĩ kĩrorerwa anake mahatĩkanaga mamumĩte thutha.

Wambũi Nyina wa Ambũi
Atĩ Mũmbũi eragwo endirie kahĩĩ njahĩ nĩ ng'aragu?
Aca agatũmire kagĩrĩre andũ irio hĩndĩ ya ng'aragu,
Gagĩcoka na kĩondo kĩiyũru njahĩ mahũna makĩĩrana,
Kahĩĩ kĩondo ng'ong'o mũkwa kĩongo ta kairĩtu na nĩ twahũna!
Kaĩ nĩ ma kahĩĩ na kairĩtu gũtirĩ ũtangĩhonokia bũrũri ĩ!
Ombaga kĩondo agĩtaraga njata amenye mĩthiĩre ya thĩ yothe.
Nĩ mwara atongoririe mbũtũ e ng'ong'oinĩ wa Wambũi mũrĩndũ,
Thũ yona nyamĩcore ĩkĩhenia werũinĩ no matimũ na hiũ thĩ gwĩthara.
We nĩ kĩrorerwa agerereire handũ anake moinĩkaga ngingo nĩ kwĩhũgũra;
Mũhĩrĩga wake ũgũthũkaga Abombũi itũ.

Wanjikũ Nyina wa Agacikũ
Mũhĩrĩga wake ũgũthũkaga Abonjikũ itũ ĩ!
We nĩ wa mũgũnda, oigaga wĩra ndũrĩyanaga.
Eragwo ndoĩ ithĩa, kĩrĩa oĩ nĩ gũthĩa mwere bũrũri ũkahũna.
Nĩ njamba agitagĩra rũrĩrĩ ogiti makoiga nĩ we mũgiti.
Akumĩtie wĩyathi na kwĩĩkĩra maũndũ mũno
Arĩa marĩ ũiru makamwĩta mwĩikaria.
Athũire mĩthaiga ya ciugo cia maheni;

We nĩ njorua ya mĩtĩ ya kũgitĩra arwaru.
Ũgo wake nĩ wa kũhonia na kũhoreria.
Nĩ kĩrorewa atĩ gũtirĩ ũhotaga kweheria ritho harĩ we.

Wangũi Nyina wa Athiegeni

Mũhĩrĩga wake ũgũthũkaga Abongũi itũ ĩ!
Kwĩragwo Wangũi oimire nda ya nyina akũĩte rwĩmbo;
O na e ngoiinĩ no arũinaga ta arĩ we ũrathuthĩra mũmũkui;
Nĩ kĩo angĩ mamwĩtaga Wangoi.
Kwĩragwo he rĩmwe ainire e nja kwao,
Nyoni igĩcuka mĩtĩinĩ harĩa arainĩra.
Mũgambo wake nĩ watũmire mararũa maige hiũ thĩ maũthikĩrĩrie!
Rwĩmbo rũgĩthira ũguo, haro nĩ yariganĩire!
Nĩ kĩrorerwa kwĩragwo atĩ ngingo cianang'arĩka ikĩambarara kũmuona wega,
Nĩ kĩo amwe mamwĩtaga Wangũi mũtinia ngingo!

Waithĩra Nyina wa Aithĩrandũ

O na Wangeci nĩ rĩake
Mũhĩrĩga wake ũgũthũkaga Abongeci.
Aatheririe gĩthaka mũro ũkĩgĩa mageca nĩ kĩo etirwo Wangeci
Waithĩra ndarĩ itherũ we nĩ gũtheria na gũithĩria wĩra ũgathira.
Waithĩra ti wa kũgĩrania ici na icio,
Ambaga kũhinyia hamwe atanarũga hangĩ.
Endaga gũthiria mathĩna ti kũmathikĩrĩra.
Ndarĩ wa nda na wa mũgongo.
Waithĩra athikagĩrĩria agaithĩria ũhoro atanatua.
Nĩ kĩrorewa anake mamuona merwarithagia
Getha amahutie na guoko atĩ mahone.

17

Wacera Nyina wa Acera

Atĩ mũceera ndaceeraga na ũngĩ?

Ĩini ũngĩ ũrĩa ũtarĩ njĩra kana kĩharĩro!

Na atĩ aikagia irigũ riitho, irigũ rĩgakahũka mũkahũ?

Ĩini irigũ rĩrĩa icuhu nĩ gũciara nĩ kũrĩrĩmĩra wega!

Njeri nĩ mwenjeri kĩhoto kĩoneke mĩri wega.

Njiarwa irenda kũgera njĩra gatagatĩ imũinagĩra:

Njĩrĩra njĩra njariĩ njega njarie kĩhoto ndĩhote hootane.

Ceerera nyakairũ na kĩnandũ kĩa irathimo.

Nĩ kĩrorewa anake mainamĩrĩire wĩra mamuona no kũinamũka.

Mũhĩrĩga wake ũgũthũkaga: Abonjeri itũ ĩ!

Mwĩthaga Nyina wa Ethaga

Etirwo Mwĩthaga nĩ mathaga mwĩrĩ.

No mũhĩrĩga wake ũgũthũkaga Abombura itũ ĩ!

Ongereirwo rĩa Nyambura nĩ kũhuha mbura ĩkoira

Kwĩragwo Mwĩthaga atongaga ũtukũ

No nĩ kũrara akĩgariũrania cia rũciũ na oke.

Acurũragia hũngũ ĩ rĩerainĩ ndĩkarĩe njui;

Na kũingata mbwe na hiti itikaiye irio na mahiũ.

Nĩ kĩo eragwo atĩ ritho rĩake rĩ hinya mũno; amwe makoiga nĩ mĩthaiga.

Rũrĩmĩ rwake rũrĩmagĩra gĩtũmi na kĩhooto.

Nĩ kĩrorerwa kwĩragwo o na nyoni nĩ ihuhaga mĩrũri akĩhĩtũka.

Wairimũ Nyina wa Agathigia

Wairimũ, na nowe mũgathigia, mũhĩrĩga wake ugaga aboirimũ!

Nĩ mũrĩmĩri mĩmera na mĩrĩyo ngwacĩ gwĩkĩra.

Nĩ mũmbi nyũngũ ta nyina nowe akongerera mĩcore.

Nĩ mũturi ta ithe nowe akongerera magemio.

Omba mĩhianano ya indo kana nyamũ

Andũ makoiga nĩ ciĩruru ciene arataha makamwĩtigĩra.

Anyuaga ekamĩire; akarĩa erĩmĩire; akehumba etumĩire.

Wairimũ nĩ mũregi ũrimũ! Na gwakinya nyuguto ya itimũ e ho.

Nĩ kĩrorerwa atĩ acemania na anake magarũrũkaga magathiĩ na kũrĩa arathiĩ

Andũ makoiga nĩ ũndũ wa mĩhianano na ciĩruru iria acoraga na kũmba.

Wangarĩ Nyina wa Angarĩ

Mũhĩrĩga wake ũgũthũkaga Abongarĩ itũ ĩ!

Wangarĩ e ũrũme ta wa ngarĩ na maitho ũtheri no taguo.

E mĩtũkĩ ta ya Ngarĩ akĩrangĩra ũtarĩ akĩrangwo nĩ arĩa marĩ!

Nĩ mwara atĩririe wĩra andũ mambe mahũũne ndũma;

Maũrokera makĩũruta na hinya na kĩyo na wendo.

Aikĩirie ngarĩ gĩcinga yona thandĩ rĩerainĩ ĩkĩũra mbũri ikĩhonoka.

Oigaga ngarari cia kũnoora meciria nĩ inooro rĩa muoyo;

No ngarari cia kũnoora hiũ nĩ inooro rĩa gĩkuũ!

Nĩ kĩrorerwa atĩ kwĩ mwanake watũire ahumbĩire guoko

Harĩa ageithirio nĩ Wangarĩ atĩ ũrugarĩ ũcio ndũkanyuo nĩ riũa.

Warigia Nyina wa Aicakamũyũ

Rĩa Wamũyũ, o ta rĩa ithe Gĩkũyũ, rĩoimire mũkũyũinĩ,

No rĩngĩ nĩ etĩkaga Wanjũgũ tondũ wa gũthakĩra njũgũinĩ,

O na Warigia no rĩake atĩ nĩ kũrigia gwa ithe na nyina,

Kaingĩ we ndagwetagwo kenda ĩkĩgetwo,

Tondũ atĩ wa kũheerwo mwana gwa ithe, amwe makoiga.

Aca ũcio nĩ mĩthaiga, angĩ makoiga, atĩ tondũ aaratha ndahĩtagia!

Mwana watũire agiritaga thĩ rĩ, magũrũ acoka kũmaruta kũ? Wathi ũcio akaũruta kũ?

Kwĩragwo magego make matherete ta iria mamũrĩkaga nduma ũtukũ;

Atheka nyamũ igatheka!

Abo! Icakamũyũ! Kenda ũgatuĩka kenda mũiyũru.

4

Nyaga na Rũhuho

Othe kenda maaciarĩirwo mũhuro wa Kĩrĩ Nyaga,
Nyaga kenda ikĩũmbũka gathũrũmũndũinĩ,
Ihaicĩte ng'ong'o wa huho kenda ta mbarathi,
Irorete mĩena ĩnana ya rũhuho na wa gatagatĩ kũhingia kenda
Ihuhage macoro kenda kwanĩrĩra cia ũthaka ũrĩa

Watũmire tĩĩri mũnoru wĩtwo gĩthaka!
Ngumo ya ũthaka wao ũgĩkinya Ithiobia na Mithiri na kũngĩ,
Anake makĩaga toro nĩ kũrota cia ũthaka ũyũ,
O mwanake akeiya akinyĩre ciĩruru cia kĩrotoinĩ gĩake,
O mwanake agatwarana na rũũĩ rũrĩa akorerera:

Amwe nĩ Nairo ya maaĩ merũ[3] ĩrĩa yumĩte iria inene rĩa Nyanza,
Angĩ Nairo ya maaĩ ma bururu[4] ĩrĩa yumĩte iria rĩa Tana,
Angĩ rũũĩ rwa Nijea[5] rũrĩa rwĩragwo rumĩte Nairo rũgereire rungu wa thĩ.
Angĩ nĩ acio rwa Thinego[6]; rwa Kongo; Bangi[7]; Gathai[8].
Gĩkundi kĩngĩ gĩkĩgera rwa Macungwa[9] Limpopo na Zambesi,

---

3 White Nile
4 Blue Nile
5 Niger
6 Senegal
7 Ubangi
8 Kasai
9 Orange

21

Harĩa rũũĩ rwathirĩra makoya magũrũ mĩtitũinĩ na irĩmainĩ, nao
Airĩtu a Mithiri na angĩ makamoima thutha,
Maregete gwĩtĩkia atĩ kĩrĩma no gĩciare nyarari ĩkĩrĩte ya rũũĩ,
Mwarĩ wa kĩrĩma akĩrie mwarĩ wa maaĩ ũthaka atĩa?
Maaĩ na tĩĩri rĩ nĩ kĩrĩkũ kĩhumo kĩa muoyo?

Maaĩ
Tĩĩri
Rĩera
Riũa

Rĩũmba rĩa muoyo nĩ rĩrĩkũ?
Riũa rĩaragia mwaki na ũtheri,
Rĩkagayania ũtukũ na mũthenya,
Rĩkahiũhia mĩhũmũ ya mĩtĩ ĩgatuĩka mĩrukĩ,
Mĩrukĩ ĩkambata igũrũ ĩgatuĩka matu mairũ na mo

Matu magacuha;
Mbura ĩgaitĩka.
Tĩĩri ũkanyua maaĩ wega
Mĩmera ĩkamera mĩri
Ĩkoimia mathangũ na mahũa
Makeyanĩka na mangĩ riũainĩ,
Ũguo o ũguo mũthiũrũrũko wa muoyo.

Maaĩ
Tĩĩri

23

Rĩera
Riũa

Gũtirĩ wa maaĩ, wa tĩĩri, wa rĩera kana wa riũa.
Ciothe ciĩ hamwe nĩ cio ituĩkaga rĩũmba rĩa muoyo.
Muoyo nĩ ũmwe.
Mũndũ, nyamũ, nyoni, tũgunyũ, ciũngũyũ
O kĩũmbe gĩgataha gĩkombe kĩa muoyo.

Gũtuĩkaga aingĩ nĩ arĩa moorĩire njĩrainĩ,
Harĩa rũgendo rwaremera mwanake akahanda itimũ,
Akorererwo ho nĩ mwarĩ wa Maaĩ,
Akoona ta arĩ kĩroto gĩake kĩahinga,
Magaaka mũciĩ kwambĩrĩria kĩroto kĩngĩ.

Wethi ũthaka na muoyo mwerũ nĩ imwe cia iroto
Iria ciaciarĩire Abirika ndũrĩrĩ, mĩhĩrĩga na matũũra mĩthemba
mĩingĩ.
Mĩrongo kenda na kenda tu nĩo maakinyire Kĩrĩ Nyaga,
Ta aya maarĩ na kĩrĩko kĩa harĩa megũtũngana, kana
Ta aya marathingatwo nĩ hinya matoĩ ũmaroretie Mũkũrũweinĩ.

Na o rĩmwe mũguĩ ũgĩtheca thĩ magũrũinĩ ma arĩa matongoirie,
Makĩamba gũtĩmĩra o mwanake arũmĩtie matharaita make
Atĩ megite ũgwati matarona mũũgwatia kana mwena ũrĩa ũroima
Mĩguĩ ĩkamoirĩra mĩena yothe ta mbura ya njahĩ
Ĩgũage magũrũinĩ mao ĩkamatigia o hanini gũtheca ciara!

Marora mwena, thutha na mbere matirona arathani.

Nĩ rĩo maiguire mũgambo ũkĩmatha maige matimũ,

Na matharaita mothe mũndũ agwete gĩtinainĩ kĩa mũkũrũwe.

Magĩgĩathĩka makĩinamĩrĩra kũiga matimũ hiũ na ndotono ciao thĩ.

Mainamũka nĩ rĩo monire mũthuri na mũtumia marũngiĩ mbere yao:

Mũthuri arĩ na gĩthii kĩa nguyo kĩgwĩrĩire nguo cia thĩinĩ,

Icũhĩ iracuha matũ, na guokoinĩ agwete mũtathi,

Nake mũtumia mĩrĩnga ya rũthuku ngingo na moko,

Mũthuru wa thĩrĩga na nguo ya igũrũ na hang'i matũinĩ,

Guokoinĩ agwete rũhiũ na kabũthũ gaceke ngingo ndaihu,

Maitho mao erĩ marorete kũraihu ta matarona aya mamoimĩrĩra,

No mũrũgamĩre wao wonekaga wĩ wa thayũ.

O mwanake akeyũria kweri mũthuri na mũtumia ũyũ

Nĩo matũthiũrũrũkĩria mĩguĩ ĩroima mĩtĩ igũrũ?

Mwarehwo nĩ thayũ kana nĩ mbaara? Mũthuri akĩũria.

Matanacokia ũndũ, makĩona mũirĩtu oimĩra mbere yao.

Mũirĩtu ũyũ arĩ na nguo cia njũwa tũrũhang'i matũ,

Na mĩgathĩ ya ciũma na rũthuku ngingo na moko,

Na kĩrangi kĩa mĩguĩ ng'ong'o, ũta na mũguĩ mokoinĩ

Na maitho marakenga ũtheri ũtaramenyeka waguo, kana

Nĩ ũtheri wa mĩtheko kana nĩ wa kũnunga mbara?

Kamũira mamake na mamakũke makĩona ũngĩ na ũngĩ,

Thutha na mĩena yothe meyohete ta ũcio ũngĩ, njamba cia ita.
Anake methamba maitho na ũthaka ũyũ wamathiũrũkĩria,
Makĩmenya nĩ makinya!

Guoya ũkĩmathira,
Mĩnoga ĩkĩĩnogora,
Hũũta ũkamahũũtũka,
Nyota ũkĩmanyotoka,
Makona ta mathiũrũkĩirio nĩ kĩroto, na

O hau hau makĩambĩrĩria kũrota iroto ingĩ,
No rĩu matiamenyaga kana mararota cia biũ
Tondũ handũ ha kwamba kwĩmenyithania
Kana kuga ciathiire ciaikũrũkire kana atĩa
O mwanake erekanagia kĩruruinĩ kĩa mũtĩ akang'orota.

5

Iruga Ndĩa na Rwĩmbo

Toro ndũhoyagwo ũhoro Gĩkũyũ akiuga
Acoketie maitho na thutha kwĩ ng'endoinĩ ciao na Mũmbi,
Akona ta arona wanake wake wĩyanĩkĩte wanakeinĩ wa anake acio.
Nĩ ng'aragu ĩtahoyagwo ũhoro, Njeri agĩcokeria ithe.
Nao Mũmbi na airĩtu ake kenda magĩtĩkania na ũguo.

Airĩtu o acio rĩu makĩrora na ya mũtitũ kũguĩma,
Kũrehe nyama cia kũrugĩra ageni mĩrongo kenda na kenda,
Mũthenya ũngĩ magatindĩra imatha mĩgũndainĩ
O cia kũrugĩra aya mĩrongo kenda na kenda
Nao arugĩrwo gũtirĩ ũreigua nĩ toro na kũng'orota.

Thutha wa thikũ kenda nĩ rĩo mookĩrire ũmwe kwa ũmwe.
Gĩkũyũ akĩmonia harĩa mekũgomana akĩmarĩria wega.
Mũki nĩ we ũkaga na ũhoro, no tugire toro ndũhoyagwo ũhoro,
O na ng'aragu ndĩhoyagwo ũhoro, nĩ mũkuonio ha gwĩthambĩra,
Mũcoke mũgagũrwo, tweherie hũta na nyota kĩongo kĩhote
gũthamaka wega.

Airĩtu kenda magĩtongoria mũtongoro kĩanda, makĩinagĩra rũũĩ
Thĩrĩrĩka na ndũgathĩrĩrĩkie; ngwenda ũtherie ti ũthererie,
Makĩrĩkia kũina ũguo no mĩthuru thĩ, magatigwo na mĩengũ,

Mĩgathĩ ngingo ĩkagwĩra gĩthũri, gatagatĩinĩ ka nyondo nũngarũ ta kĩ,
Waithĩra nĩ we wambire kũrũga harĩa ndururumo yaitagĩrĩra,

Acio angĩ makĩmũrũmĩrĩra erĩ atatũ othe kenda, nao
Anake mĩrongo kenda na kenda mona ũguo,
Makĩaũra ciao makĩrũga maaĩinĩ mategwĩtigĩra.
Marĩkia gwĩkonyora wega othe magĩcoka mũciĩ,
Kũrĩa maakorire mathiũrũrũkĩirio nĩ iruga inene rĩa

Nyama, ngwacĩ, ikwa, ndũma, njahĩ, mũhĩa, mwere, ũcũrũ na njohi ya mĩtĩ.
Mwĩthaga akĩhuha mbura ĩmahe kahinda ga gũkenia ageni,
Mbura na rũhuho ikĩmũigua ikĩrekera riũa rĩthamake.
Nao othe makĩambĩrĩria kũrĩa na kũnyua,
Ngiria na nyoni imainagĩre nyĩmbo cia mũtitũ na rĩera.

Na rĩrĩ mararĩa na kũnyua, ethĩ aya no maraikania ritho.
Wangũi agĩkũya rwĩmbo rwa kwamũkĩra ageni.
Akĩrĩkia ũguo nyoni nĩ ciombũkĩte mĩtĩinĩ,
Ikomba kũu nja itukanage na andũ itarĩ na guoya.
O na gũtuĩkaga atĩ nyamũ cia gĩthaka nĩ ciategire matũ!

Rĩu Gĩkũyũ akĩrũgama akĩaria:
Njugire atĩa? Mũki nĩ we ũkaga na ũhoro.
Nĩ mwarĩa na iria mwatigia no imwetereire,
Rĩu rĩ, nĩ magegania marĩkũ mwatũtegera?
Andũ a na kũu mumĩte mainaga irĩkũ?

Hau ningĩ anake makĩyumĩria,
O mwanake na ndũgo ya kũrĩa oimĩte,
Kana rwĩmbo aramenyeire rũgendoinĩ.
Nao arĩa angĩ nĩ ndarama cia gwĩthondekera o hau,
Arĩa angĩ mĩtũrirũ ya mĩrangi kana hĩ na mĩrũri na ihũũni

O mwanake okaga na ndũgo cia magegania:
Amwe kũrũga rĩerainĩ kwĩgonya na kwĩgonyora,
Ta aya matarĩ na ihĩndĩ mwĩrĩ,
O mwanake kwenda kwĩyonania ta arĩ we wiki kĩenyũ kĩa Ngai.
Nao airĩtu mona ũguo no kugĩrĩria na hĩ na ngemi!

Hwaĩinĩ airĩtu magakia mwaki wa ndungu,
Ũtheri wa mwaki ũgatukana na wa njata na mweri
Makoerera ng'ano cia kũrĩa o mũmdũ arokĩire
Airĩtu aya no gwathamia kanua maigua cia magegania maya!
Kiumia na kĩngĩ igĩthira; mũthenya ndĩa na ndũgo, ũtukũ ng'ano.

Kĩhwainĩ kĩmwe Gĩkũyũ akĩarĩria kĩrĩndĩ akiuga:
Tondũ rĩu nĩ mwahurũka mwarĩa mwanyua na mwaina rĩ,
Nĩ kĩĩ biũ kĩamũrehe gũkũ mumĩte mĩena yothe ya rũhuho?
Kana mũrarũgirio rĩerainĩ ta mahuti mũroka mũrereire igũrũ
Rũhuho rwaga hinya rũramũita gũkũ gwitũ nja?

Ũmwe kwa ũmwe makĩaria no rwĩmbo rwarĩ o rũmwe:
Atĩ nĩ ngumo ya ũthaka wa kenda yamahuruta na gũkũ!

31

Atĩ ngumo ya erorerwa aya yamakinyĩire o kũrĩa maatũũraga,
Nginya mũndũ e wiki ũtukũ onage ciĩruru ciao ikĩmũthakathakia,
Na gwakĩa kĩroto kĩrĩ o ho, na ciĩruru ici irĩ o ho,

Na mũndũ athiĩ gũcinyita nĩ imonyokire ta arĩ kũmũthirĩkia,
Kana kũmũcumĩkia ũirũ ũyũ mũhoro mũnyoroku ta kĩ,
Na ũthaka wa maitho marakenga ũtheri ta njata.
Gũtirĩ weraga ũngĩ akiumagara, monanagĩra njĩrainĩ,
O mwanake agereire yake e wiki kana marĩ gakundi,

Rũgendoinĩ rwa gũthiĩ kũrĩa mooroteirwo nĩ iroto ciao.
No maakinya, thutha wa magerio na mĩhĩngĩca mĩingĩ,
Nĩ maronire atĩ o na iroto icio nĩ ciamahenagia,
Tondũ rĩ maitho mao nĩ mareyoneire atĩ
Ũrirũ wa ũirũ wao mũruru ũkĩrĩte ũthaka wa ciĩruru manona irotoinĩ.

Kwoguo mũrokĩte kũhũnia maitho, Mũmbi akĩũria.
Mwainũka mũganagĩre arĩa mwatigire ng'ano cia ũthaka?
Aca, ti ng'ano twaiyĩra, amwe makiuga, muoroto nĩ ũmwe:
O mũndũ atahe ngoro ya ũmwe wa aya kenda,
Ainũke nake kwao mahĩrĩge mũhĩrĩga mwerũ.

O rĩmwe makĩigua mĩtheko ndumainĩ othe makĩrora nakuo
Tondũ anake aya matiaiguĩte mĩtheko ĩgũtherũka gĩkeno ta ĩyo
Makĩona magego na maitho marakenga ũtheri.
Rĩrĩa mwene mĩtheko ĩyo amũrĩkirwo nĩ ũtheri wa mwaki
Makĩamba kũmaka nĩ kuona mũirĩtu mũgima agĩkirita.

Gĩkĩ nĩ kĩhinga nda gĩakwa, Mũmbi akiuga, kĩrĩa kĩiyũragia kenda.
Warigia aroigire ambe amwĩrorere arĩ o nyũmbainĩ tondũ
Maitho make monaga kũraya na matũ kũigua i kũraya
Magũrũ make nomo maaregire kuma wanainĩ no
Mwĩrĩ ũyũ ũngĩ wothe nĩ mũgima na endaga kwĩĩkĩra maũndũ.

Nĩ mwakĩyonera othe, nake Gĩkũyũ akiuga,
Kenda mũtheri nĩ watuĩka kenda mũiyũru,
No inyuĩ nĩ mĩrongo kenda na kenda.
Nĩ ndute makũmi kenda mangĩ kũ?
Kana nĩ mũirĩtu ethuurĩre kenda wake?

6

Gĩkũyũ na Mũmbi

Mwanake ũmwe akĩrũga na igũrũ,
O na ndahotaga kwaria nĩ kũrarama ũrũme.
Gũtirĩ haha ũtarĩ rũhiũ na njũgũma yake, akiuga,
Reke tũrũe mbara ya arũme kwa arũme,
Matigari kenda marigie na airĩtu kenda!

Na akĩrĩkia ũguo nĩ acomorete rwake,
Na akanjia gũtũha kũu ta ndegwa ndũi,
Agĩthamaraga ta kũndũ ũrũme ũramũrũma harũrũ. Nao
Acio angĩ magĩcomora ciao makĩambĩrĩria gũthamara,
Hiũ mĩrongo kenda na kenda ihenagie ta rũheni ũtukũ,

Andũ mekũrigainie wega, gwĩthamba na kũrĩanĩra hamwe,
Rĩu mahanage ta nyamũ cia mũtitũ irutanĩire ndwara na mĩthangiri,
O mũndũ akiugaga atĩ kũrĩa we oimĩte nĩ kuo kwega,
Atĩ rũũrĩrĩ rwake nĩ ruo rwamũre nĩ Ngai,
Kana Ngai ya kũrĩa we oimĩte nĩ yo Ngai ya ma!

Nĩ ũrimũ ũrĩkũ ũyũ warũma arũme aya? Wairimũ akiuga,
Mwaũruta kũrĩa guothe mumire mwatũrehera?
Atĩ mbara ya inyuĩ kwa inyuĩ? Kaĩ mũtarĩ mbuguĩro?
Mbũragano ya andũ kwa andũ nĩ ndũĩ?
Mũrehirwo gũkũ nĩ kũhaara wendo kana nĩ kũharwo nĩ haaro?

Arĩ a nyina makĩmugĩra ngemi.
Wangũi agĩkũya rwa thayũ,
Othe makĩamũkĩria
Ngoro ikĩhorera,
Anake magĩcokia hiũ njora.

Mũmbi akiuga
Njĩtagwo mũmbi ta
Mũmbi nyũngũ
Mũmbi mũmbo
Mũmbi mũmbĩre
Mũmbi ciũmbe

Gĩkũyũ akiuga
Mũmbi wanyũmbire
Mũmbi wombire ngoroinĩ
Mũmbi mũmbani na kĩhooto
Mũmbi mumbũria Ma na Thayũ
Reke Mũmbi oimbũrie ũndũ ũngĩ.

Mũmbi akiuga
Aya ndamakuwa na nyũngũ ndainĩ yakwa,
O ũmwe mĩeri kenda,
Yothe mĩeri mĩrongo kenda!
Gwakwa gũtigũitwo thakame nĩ ũndũ wa aya kenda,
Tiga hihi ya mbũri igongona rĩa kĩrathimo!

37

Gĩkũyũ akiuga
Ithuothe twaciarirwo nĩ mũndũ
Tũkĩmũrigithatha ũmũndũ
Tũũkũrie na tũũnenganĩrĩrie.
No gũtikĩagaga mũharagania,
E mumi na nja kana e thĩinĩ,

Gwaka nĩ wĩra,
Harĩ mũndũ ũikĩtie maitho kabere,
No gwakũra ti wĩra,
Harĩ mũndũ ũrathiĩ arorete na thutha,
Ta mũndũ mũgima akĩĩrirĩria gũcoka wanainĩ.

Mbaara nĩ kaharagania!
Thayũ nĩ gacokanĩrĩria!
Mũrũi na mũrũi mainũkagia kĩrĩro:
Wathayũ na thayũ mainũkagia mĩtheko.
Niĩ na niĩ tumĩte kũnene tũkinyĩrĩte thayũ,

Tuoimire kuo twĩ karũndo;
Amwe kweherera mbaara,
Angĩ kweherera ing'ũki cia mĩthemba,
Angĩ kwenda kũmenya kĩrĩa kĩrĩ mbere ya kahinga.
Mũndũ, mũndũ etagwo macaria, mwethi, mwendi kũmenya.

Ithuothe twarorete irĩmainĩ cia mweri,
Igatũgucia o ta ũguo mũragucirio nĩ kenda,

Amwe aitũ makĩũrĩra njĩra:
Tweyonire tũrĩ ithuiki na ũyũ wa niĩ;
Thakame njĩthĩ; ngoro gũtuuma mwĩhoko, atĩ

Hihi nĩ tũkonana nao rĩngĩ tondũ
Mũndũ wothe mũciare nĩ mũndũ, na
Ũremenya atĩ we nĩ mwana wa mũndũ na mũndũ,
Ũcio nĩ mũndũ witũ!
Mwarĩ na mũrũ wa Mũndũ.

Ũka tũgeithanie
Ũka tũnyuanĩre
Ũka tũrĩanĩre
Ũka tũteithanie
Mũndũ nĩ mũndũ nĩ ũndũ wa mũndũ ũrĩa ũngĩ!

Nĩkĩo twakũngũĩra iceera rĩanyu, tondũ nĩ
Muongerera andũ arĩa matũmaga mũndũ atuĩke mũndũ!
Na ithuĩ kũmũnyita ũgeni nĩ tuongerera ũmũndũ wanyu!
No nĩ mũrakĩonire tũrarĩ na indo cia kũgitĩra ũmũndũ witũ,
Ndũkaharaganio nĩ mũharagania wa ũmũndũ wa andũ!

Mũndũ, o ta Ngai, nĩ wa marĩtwa maingĩ, no rĩake nĩ mũndũ.
Mũndũ e guothe maũndũinĩ mothe ma thĩ na ũtũũro,
Tondũ 'ndũ' ĩrĩa ĩ mũ-ndũ-inĩ nĩ yo 'ndũ' ĩrĩa ĩ ma-ũndũ-inĩ mothe,
Marĩa mangĩarwo harĩ kĩmwe kĩa ihũba inya tu: Mũndũ Kĩndũ
Handũ Ũndũ

Ndũ ĩyo ĩ maũndũinĩ mothe no yo gĩtũmi kĩa ũndũ na maũndũ ma
mũndũ.

O na mwatuona ũguo, niĩ na Mũmbi tumĩte kũnene,
Tũkambatania irĩmainĩ,
Tũgaikũrũkania mĩikũrũkoinĩ,
Tũkagerera mĩkuruinĩ,
Tũgaikũrũkania na njũũĩ!

Mũmbi akiuga
Mũrĩ muona irĩma iratuthũka ũrikuinĩ wa nda ya thĩ?
Mũrĩ mwateng'erio nĩ mahiga matune ta mwaki?
Mũrĩ muona rũũĩ rwa mwaki rũgĩtuthũka irĩmainĩ?
Gĩkama gĩtune kĩnyũrũkage kahora kuma irĩmainĩ?
Mũrĩ mwaigua cia ndamathia ya maĩinĩ?

Gĩkũyũ akiuga
Rĩmwe nĩ twamĩonire yumĩrĩtie mũnua maaĩinĩ,
Ĩhithĩte mwĩrĩ ũyũ ũngĩ maaĩinĩ moimu haha nginya kũ
Ĩgathiĩ ĩtigĩte tũkũmbĩ haaha nginya mũico wa maitho,
Yahihia maaĩ makahũyũka mũhũyũ mwerũ cua!
Makagũtha thĩ ta maya maratherũka marakara!

Mũmbi akiuga
Rĩngĩ ĩkarũgia maaĩ nginya matuinĩ magatuĩka mũkũngambura!
Kaĩ atarĩ kĩo tuorĩra irĩmainĩ cia thĩ nyũmũ,
Nakuo nĩ mwakĩigua ũrirũ wa kuo,

Mahiga ma mwaki gũtuthũka,
Ũtune ũgatherera irĩmainĩ na mũkuruinĩ ta rũũĩ rwa thakame!

Gĩkũyũ akiuga
Na no kuo tũretha gĩa kũrĩa,
Tũkaguĩma nyamũ hamwe,
Rĩmwe igatũteng'eria,
Rĩngĩ tũgaciteng'eria,
Ngũmwĩra atĩa anake aya?

Rĩmwe nĩ twagũire thĩ nĩ mĩnoga, Mũmbi akiuga
Nakĩo kĩnyamũ kĩigana njogu kana kĩrĩma, kĩna
Hĩa mũgwanja magũrũ mũgwanja maitho mũgwanja
Matũ mũgwanja, maniũrũ mũgwanja na ciongo mũgwanja
Gĩgĩũka na harĩ ithuĩ gĩathamĩtie tũnua mũgwanja,

O rĩrĩ tweciria nĩ twathira, Gĩkũyũ akiuga,
Tũkĩona twahumbĩrwo nĩ kĩĩruru kĩnene, Mũmbi akiuga.
Kĩarĩ gĩa kĩnyoni kĩigana ta kĩ, Gĩkũyũ akiuga
Gĩgĩtũhuria na ndwara ĩrahĩmbĩria mwĩrĩ wothe, Mũmbi akiuga.
Gĩgĩtuoya gĩgĩtũgereria rĩerainĩ, twathianga gĩgĩtũiga thĩ, gĩgĩthiĩra.

Macio mothe nĩ tuonete, Gĩkũyũ akiuga
Na Mũmbi ndangiuga hui!
Kana atigwo na thutha ũndũinĩ:
Kũnyuguta ihiga, mũtĩ, itimũ, kana mũguĩ, e ho,
Ndaikia agaikia, aikia ngaikia.

41

Ndiũĩ twakinyire kĩrĩmainĩ gĩkĩ atĩa kana
Hinya ũrĩa watũkinyirie haha tũtarĩ atihie!
Tuokire tũgwĩte toro, o ta inyuĩ.
Twakomire toro mĩeri kenda,
Ta aya ahumbĩre na ndarwa ya thayũ.

Kaĩ gwĩ kĩrathimo gĩkĩrĩte thayũ?
Tuokĩrire twĩ gĩtinainĩ kĩa mũtĩ ũũrĩa, akiuga
Hau akĩamba kuorota na ya Mũkũrũweinĩ
Na tũgĩũkĩra ũguo ũyũ nĩ athogothire,
Atĩ tũthimane hinya.

Twatindire ũguo,
Gũthukania hinya
(Akĩorota Mũkũrwe rĩngĩ)
O hau gĩtinainĩ nĩ ho twahotanĩire,
Twĩroreirwo nĩ nyagathanga ngiri!

Na inyuĩ ta guo!
Mwĩ mĩrongo kenda na kenda nao kenda mũiyũru
Aya akwa nĩ o megwĩthurĩra.
No harĩ ũndũ ũmwe tu mategwĩthurĩra:
Akwa matikumagara matũtige haha.

Mũmbi akiuga
Nĩ ngwenda gũgaathaka na tũcũcũ na tũcũkũrũ twakwa!
Andũ makũra nĩ a kũrerwo ta ũrĩa nao mareranire!

Waroragwo akarora arĩa wamũroraga.
Mwacoka na kenda witũ, nĩ tuoyage rũgendo rũngĩ kũmaceerera?
Kana nĩ muoyage rũgendo rũngĩ gũtũceerera?

Warigia akiuga
Tigaai kũmaka!
Reke aya a maitũ mathiĩ menda.
Nĩ niĩ kĩhinga nda gũkũ
Ndirĩ kũndũ ndĩrathiĩ.
Ngũtigwo na inyuĩ ndĩmũtungatage ũkũrũinĩ wanyu!

Mũmbi akiuga
Nĩ ma wee nĩ we kĩhinga nda gitũ.
Ciira no ũmwe gũtirĩ maciira merĩ, tondũ
Gũtirĩ wa nda na wa mũgongo,
O na magũrũ maku magũkararia atĩa
Ũrĩ ũmwe wa kenda mũiyũru!

Gĩkũyũ akiuga (aroretie mĩario kũrĩ ageni!)
Ngoro yakwa nĩ nene; no yamũkĩre thĩ yothe,
Ũrĩa woyana na ũmwe wa aya nĩ twatuĩka ndĩra ĩmwe.
Bũrũri nĩ andũ ti tĩĩri.Tugire atĩa?
Mũndũ nĩ mũndũ nĩ ũndũ wa andũ arĩa angĩ!
O nao andũ nĩ andũ nĩ ũndũ wa mũndũ!

Ũcio nĩ guo uge wa kiugo ngeithi: kũgeithania.
Guoko gwaku na gwakwa ikageithania!

Wa kanini wa kanene mwanake mũirĩtu mũthuuri na mũtumia,
Twake itũũra rĩerũ ũtũũro mwerũ rũciũ rwerũ rũngĩ na rũngĩ!
Ũtekũiganĩra, acokere o gacĩra karĩa okĩire.

Mwanake ũmwe akĩrũga na igũrũ akiuga:
Niĩ nyumire gwitũ gũtaha ti gũtahwo.
Njũkire kũhikia ti kũhikio.
Angĩ erĩ na atatũ na angĩ erĩ o nao taguo.
Acio anana makĩoya magũrũ makiumagara.

Gĩkũyũ akiuga
Matigari nĩ mĩrongo kenda na ũmwe!
Mĩrongo kenda na ũmwe kwenda kenda!
Aya akwa matingĩthura o ũguo.
Gũtindania nĩ kũmenyana, kwendana kana kũmenana.
Rekei tũrokanĩre mũigue itua rĩakwa.

Mũthenya ũngĩ makĩmuma thutha nginya nyũmbainĩ,
Ta kũndũ ageni aya mataracionete wega.
Ciarĩ nyũmba igĩrĩ na ikũmbĩ rĩiyũru magetha;
Kiugũ kĩa ng'ombe ikũmi na igĩrĩ, mwena ũmwe,
Na mwena ũcio ũngĩ mbũri na ng'ondu.

Ũyũ mwako nĩ moko maitũ, Gĩkũyũ akĩmera
Nao airĩtu kũgimara, makiuga atĩ meyakĩre ĩno ĩngĩ,
Magĩtonya kuo tiga Warigia waregeire kwa nyina.
Na inyuĩ ageni aya mũtigocoka gũkoma nja ta nyamũ, na
Mũtigwakĩrwo ũikaro nĩ inyuĩ mũkwĩyakĩra.

Kũũrĩa nyunjurĩ nĩ kuo mũgwaka, Mũmbi akiuga
Riũa rĩkĩratha mwambĩrĩrie mwako;
Riũa rĩgĩthũa mũrĩkie nyũmba kenda
Anake kenda nyũmba ĩmwe;
O nyũmba ĩgetanio na ũmwe wa kenda mũiyũru.

Arĩ o nyũmba thĩinĩ Warigia akĩanĩrĩra akiuga
Atĩ ndekwenda nyũmba o na ĩrĩkũ ĩtanio na rĩtwa rĩake
Ngoro yake nĩ yo nyũmba yake
Atĩ ũrĩa agetĩkĩria atonye nyũmba ĩyo yake
Ũcio nĩ we wake, na nĩ aramenya nũũ.

Wambũi nĩ amatongoririe kũmonia gwa gũtua itugĩ na mĩkĩgiĩ,
Akĩmera watho wa Gĩkũyũ na Mũmbi nĩ gũtĩya mũmbĩre,
Tondũ kũnũha mũtĩ kana nyamũ nĩ kwĩyũnũha!
Ndũkanorage nyamũ atangĩkorwo nĩ kwĩgitĩra kana nĩ ya irio;
Na mũtĩ wamunywo hakahandwo ũngĩ.

Magĩkĩgayana wĩra kũringana na ũhoti wa mũndũ,
Matekuga ũyũ nĩ wa mũirĩtu na ũyũ nĩ wa mwanake,
Gĩkundi gĩgathiĩ gũtua na gũkuwa mĩtĩ, kana ithanjĩ na rũthirũ,
Riũa rĩgĩthũa nyũmba kenda ciarĩ thinge na ikagitwo,
Nyũmba ĩkaheyo rĩtwa rĩa ũmwe wa kenda othe tiga Warigia.

Mũthenya ũngĩ Gĩkũyũ akĩmatwara gatuamba gĩthakainĩ,
Akĩmonia riko rĩ na tĩĩri mũtune, na
Kĩhuhĩri mwaki mwenainĩ wa mahiga matatũ.

Ūturi nĩ wĩra wa moko na maitho na meciria, akĩmera,
Na airĩtu akwa matirĩ ūndū matathukagia.

Kuma hau nake Mūmbi akĩmonia kĩganda kĩa nyūngū,
Atĩ o na ūyū nĩ ūturi wa mūthemba ūngĩ, ūturi wa rĩūmba,
Nyūngū cia kūrugĩra irio ciumaga haha, Mūmbi akĩmeera,
O na mĩūndūri ya gūkima ĩicūhagĩrio o haha,
O hamwe na ciuga na tuga na inya cia kūiga maaĩ na ūcūrū.

Mūthenya ūyū ūngĩ Gĩkūyū akĩmarĩria o rĩngĩ.
Ndĩramwĩrire atĩa? Aya akwa nĩ o megwĩthurĩra,
He ngĩrwa cigana ūna mūkwamba kūrūga mūmenyane,
Ya gwĩthurĩra ndĩrĩ igorwe; ūkanyuĩrĩire nĩ we ūĩ karĩ rita.
Mūirĩtu e kwamba gwĩkunyĩra ikūmi matuĩke ita rĩake.

7

Magerio Magwa na Mahota

Hĩndĩ ĩno yothe gũtirĩ mũirĩtu wonanĩtie harĩa ngoro ĩrorete.
No rĩrĩa merirwo magakunyane, o mũirĩtu akunye ake ikũmi,
Othe Kenda mambire gũthiĩ harĩ ũmwe,
Hagĩgĩtuthũka ngarari gatagatĩinĩ kao,
O mũirĩtu oigage atĩ ũcio nĩ we ekuonetio nĩ ngoro.

Ngarari ciamata mũno igĩtuĩka njinũ:
Wanjirũ mũthemengani!
Njeri mwene gĩta kĩũru!
Wambũi mũthĩi mĩthaiga!
Wanjikũ ndogothi njũgiti!

Wairimũ mũka wa irimũ!
Wangarĩ mĩthaiga ya ũkarĩ!
Nyambura mũrugi ũrogi na kanua!
Waithĩra ũtaithĩragia kana gũtheria!
Wangũi mũregeri ngoinĩ; mũtinia ngingo!

Warigia nowe tu ũtaingĩrire ho,
Tondũ ritho rĩake rĩamũrĩkĩte o ũmwe tu.
Gĩkũyũ na Mũmbi mamakire mũno,
Tondũ matirĩ maigua ciana icio igĩcinũrana ũguo.
Mũmbi akĩmatwara ndundu gwake nyũmba:

48

Mwaruta mĩtugo ĩno kũ?

Mũgatiga njĩra ya gĩtĩyo thayũ na wendani?

Nũũ woigire ngarari cia kũnoora meciria nĩ inooro rĩa muoyo,

No ngarari cia kũnoora hiũ nĩ ngararia muoyo?

Wangarĩ, othe makiuganĩra.

Nũũ wathemengire ũkoroku wa hiti, ngoroinĩ?

Wanjirũ! Othe makiuganĩra

Nũũ ugaga itũmi njega itume kĩhooto?

Wambũi! Othe makiuganĩra

Nũũ ugaga ũgo wake nĩ wa kũhonia?

Wanjikũ! Othe makiuganĩra

Nũũ ugaga wa nda athuthĩrwo ta wa mũgongo?

Waithĩra! Othe makiuganĩra

Nũũ mwĩtaga mũregi ũrimũ?

Wairimũ! Othe makiuganĩra

Nũũ ugaga mũndũ ahore ta mbura ahorie mwaki?

Mwĩthaga! Othe makiuganĩra

Nũũ wĩ mũgambo ũhoreragia mbaara?

Wangũi! Makiuganĩra

Na nũũ ugaga tũkinyĩre njĩra gatagatĩ?

Njeri! Makiuganĩra

Ĩĩni tondũ gatagatĩ gatirĩ mwena ũyũ kana ũyũ, Mũmbi akiuga:

Kĩhooto kĩgeragĩra gatagatĩ gũthima mwena ũyũ na ũyũ.

Niĩ na thoguo tumanĩtie hanene,

Nĩ tũthukanĩtie o ũũ wega kũmenyana kĩruka.
Gũthukania na ciĩko cia gwaka ti ciugo cia gwakũra.

Ngoro njega ĩtongoragio nĩ kĩongo,
Ngoro na kĩongo na moko ikarutithania wĩra.
Mũndũ ndeyonaga igoti.
Tũgwĩka ũndũ ũyũ na njĩra ĩngĩ.
Kĩhoto kĩĩhootanĩre.

O na akorwo ti kuo inyuĩ mũrakoma,
Nyũmba iria mũrakire ciĩtanĩtio marĩtwa manyu tiga Warigia.
O mwanake e gũthiĩ gĩthakuinĩ kĩa nyũmba ĩrĩa arenda gũceera,
Na inyuĩ o mũndũ athuure ũmwe wa arĩa marĩ gĩthakuinĩ gĩake.
Ngoro yacaria, kĩongo gĩgatua! Mũtikanarũĩre arũme rĩngĩ!

Gwekirwo o ta ũrĩa Mũmbi aatuire: anake magethurĩra gĩthaku.
Harĩ ũmwe wambire kwanganga ta hatarĩ gĩthaku kĩramũkenia!
No nake akĩrĩkĩrĩria kwĩhatĩra harĩ kĩmwe gĩa icio kenda
O gĩthaku gĩkĩrigia na anake ikũmi
Tondũ Warigia nĩ aregire gwakĩrwo gĩthaku.

Kuma muoka mũrĩyaga mũkanyua, Gĩkũyũ akiuga
Mũthenya nĩ ndũgo ũtukũ ng'ano.
Mũrararaga nja nyekiinĩ rungu rwa mĩtĩ,
No rĩu mũrĩĩyaraga nyũmba thĩinĩ,
Gĩthakuinĩ kĩrĩa mũndũ ethurĩire gũceera.

Mūtitū ūyū ūtūthiūrūrūkīirie nī guo mūgūnda witū.

Maaĩ tūrutaga njūūĩinĩ; nguo nī ithuĩ twĩthondekagĩra.

Tūrĩ ūrata na mĩtĩ, nyamũ, nyoni, ciūmbe ciothe.

Twaragia na cio amu gūtirĩ gĩtarĩ mwarĩrie.

Tūkwambĩrĩria kūrora harĩa mwakinyia rwario na mũmbĩre.

Ūtukũ wakinya airĩtu makĩrwo mehithe mūtitūinĩ

Anake makamacarie hatarĩ wĩ na gĩcinga kana kĩĩ:

Gūtirĩ mwanake wonire mũirĩtu ndumainĩ ĩyo

O mwanake acokaga arĩ wiki akiugaga nī yatumana mũno

No makĩrĩkia othe gūkinya, airĩtu marĩ thutha wao mamacemete

Rĩu anake makĩrwo mehithe o ikũmi ihinda rĩao.

O ta hau kabere, gĩkundi kĩa Wanjirũ nī kĩo kĩanjirie.

Wanjirũ amarehire ūmwe kwa ūmwe makarigwo amona ndumainĩ atĩa.

Anake acio angĩ o ta guo o gĩkundi ihinda rĩakĩo na mũirĩtu ūmwe.

Airĩtu makĩmoimbuthūra o harĩa mũndū ehithīte.

Gĩkũyũ akiuga

Ithuĩ twamenyeire icio ng'endoinĩ citũ

Atĩ mĩtĩ, mwaki, rūhuho, mũndū kana nyamũ,

O kĩndũ kĩrĩ mũgambĩre wakĩo, mũtungu, mũhoro, o ũguo,

O na makinya ma nyamũ na andũ nĩ marĩ mũgambĩre wamo.

Mũgambo wagũtha kĩndũ nī ūcokagia kayũ na kūrĩa umĩte.

Mũmbi akiuga

Indo ciothe nĩ icokagia kayũ o na karĩ kanini atĩa,

Ũngĩthikĩrĩria kayũ wega no ũmenye gacokio nĩ kĩĩ na harĩa gacokera.

Gũtũ nĩ kuo maitho ma ngoro: nĩ kuo gũthuthuranagia mĩgambo o na kayũ,

Kũmenya ũcio nĩ wa kĩĩ, ũroima nakũ na ũrorete nakũ.

Nĩ kĩo twĩraga aya: tega matũ.

Mũthenya ũngĩ nĩ macindano ma gũthondeka nguo,

Kuma kwĩ njũa iria ciatigaraga mathĩnja na kũrĩa nyama.

Kũhamba mĩtĩ kana kũrũga mũtĩ ũyũ gũthiĩ harĩ ũngĩ,

Gwakia mwaki na njĩra ya gũthegethania tũhiga kana tũmĩtĩ

Kũnyuguta matimũ, gũikia thimbũ, mahiga na nyuguto ingĩ.

Mũthenya wa mũthia warĩ wa kũratha na mĩguĩ, Gĩkũyũ akĩmera.

Othe makĩmuma thutha o mũndũ ũta na irangi ng'ong'o

Gĩkũyũ akĩmatwara handũ harĩ na mũkũyũ mũraihu na mwariĩ gĩtina.

Gatagatĩinĩ hakuhĩ na rũhonge rwa mbere harĩ na ritho rĩa mũtĩ,

Kĩrema gĩtarĩ na makoni kĩyakĩte mũhianĩre wa gĩthiũrũrĩ.

Ndĩrenda o gĩkundi kĩonie airĩtu ũrĩa kĩũĩ gũthima na kũratha,

O mwanake na wathi wake, Gĩkũyũ akiuga

Ta reke nyambe ndĩmuonie ndĩroiga atĩa!

O hau we na Mũmbi magĩcoka na thutha makinya maigana ũna.

Mũmbi akĩruta mũguĩ kĩrangiinĩ akĩhatĩra ũtaĩinĩ,

Agĩcoka akĩũgeta ahingĩte ritho rĩmwe akĩũrekia:
Mũguĩ wathire ũkĩhuhaga mĩrũri nginya kĩrithoinĩ gatagatĩ.
Nake Gĩkũyũ agĩka o ta guo; gũkĩhana ta arĩ macindano mao erĩ,
Maitho mao makengete ta macoka wĩthĩinĩ wao makiuhana.
O nao anake moona ũguo no mĩrũri ihũni na rũhĩ.

Hĩ! Wathi wakũra wongagĩrĩrwo ũngĩ, Mũmbi akiuga.
Rĩu nĩ ihinda rĩanyu anake na airĩtu mũtuonie
No mũtikũrathĩra haaha twarathĩra amu tũrĩ aniaru, Gĩkũyũ akiuga
Na agĩcokacoka makinya mangĩ na thutha.
Rĩu Wanjirũ nĩ we hamwe na mbũtũ yaku, Mũmbi akiuga.

Mbũtũ ya Wanjirũ ĩkĩambĩrĩria gũthima kũgeta na kũratha.
Othe kenda makĩhota kũingĩria mũguĩ kĩrithoinĩ.
Rĩu othe makĩroria maitho kwĩ Wanjirũ.
Nake no gũthima kũgeta na kũratha ta hatarĩ wĩra.
Mbũtũ icio ingĩ igĩka o ta gĩkundi kĩa Wanjirũ.

Ikundi ciothe, anake na airĩtu, ciarĩkia kũiganania wathi,
Gĩkũyũ agĩcokacoka na thutha makinya mangĩ.
O ũguo o ũguo ikundi gũcindana hatarĩ kĩracinda kĩngĩ.
O marĩkia agacokacokia kĩrũgamĩro makinya maigana ũna na thutha,
Nginya mũicoinĩ kĩritho kĩa mũtĩ kĩonekanage na hinya nĩ kũraihĩrĩria.

Harĩ mbũtũ ya Wanjirũ no ũmwe tu wahotire kũratha gatagatĩ.
O ta mũtugo Wanjirũ nĩ we warigirie nake

Akīrekia mūguī ūkībīrīrīka nginya ritho gatagatī.
Ikundi icio ingī o ta guo mwanake ūmwe kana erī makahota
No airītu othe gūtirī wahītagia kīritho.

Rīu Gīkūyū agīcokacoka thutha makinya mangī
Othe makīgeria no gūtirī rīu wahotire kūratha kīritho gatagatī
O rīrī matua atī matigane na kūratha macindane na ūndū ūngī,
Thutha wa harīa maarī makīigua mūgambo woiga: rekeei naniī ngerie
O rīmwe makīigua mūguī ūrahuha mīrūri nginya kīritho gatagatī.

Warigia agīikia ūngī na ūngī yothe īthecage kīritho ītekūhītia.
Anake makīrorana nī kūrigwo arahota ūguo atīa aikarīire magūrū.
O nao airītu a nyina nī marigirwo akinyire hau atīa matekūmūigua.
Mwanake ūrīa wambīte kwaga gīthaku akīmūcomorera mīguī,
Warigia ndoigire ūndū no kīrangi ng'ong'o agīkirita na ya mūciī agīthekaga.

8

Magerio ma Heho

Kwarĩ kĩrũcinĩ kĩa matu matheru Gĩkũyũ na Mũmbi marũngiĩ hamwe,
Mbũtũ kenda mbere yao, o mbũtũ ĩtongoretio nĩ mũirĩtu ũmwe
O na Warigia ũrĩa waregire cia mbũtũ arĩ ho aikarĩire magũrũ
Gĩkũyũ akĩorota na kĩara aroretie mũico wa ritho.
Nĩ mũrona kĩĩrĩa kĩrahenia kũũrĩa kũnene?
Ta mweri ũtukũ kana mahũa merũ cua?

Ĩĩrĩa ĩrahenia nĩ nyaga na kĩĩrĩa nĩ Kĩrĩ Nyaga, Mũmbi akiuga
Kĩrĩmainĩ kĩu nĩ ho twamũkĩrire kĩrathimo,
Tũkĩongereka hinya na ũmĩrĩru na mwĩhoko.
Ĩĩ tondũ twĩ hau igũrũ nĩ rĩo maitho maitũ magwĩrĩire ũthaka ũyũ
Wa bũrũri ũtagaga irio kana maaĩ kana gĩthaka.

Ngĩigua ndakuũkĩrwo o rĩmwe, Gĩkũyũ akiuga
Ta ndĩrahehererwo nĩ ũmenyo ũngĩ gũtũinĩ,
Atĩ ũthaka ũyũ nĩ witũ na njiarwa citũ,
Hamwe na ndũrĩrĩ iria ciothe tũgakorwo tũhutanĩtie nacio,
Kana iria twaciaranĩirwo!

Githĩ mũtiatuumĩrĩra mumĩte mĩena yothe ya Thĩ? Tegai matũ:
Ũrĩa ũgũkunywo nĩ aya akwa nĩ twatuĩka athoni mbarĩ ĩmwe.
Nĩ kĩo o rũcinĩ minjaminjaga maĩ matheru njũthĩrĩirie Kĩrĩ Nyaga,

Gīikaro kĩa Mwene Nyaga ĩĩrĩa mũrona na maya,
Ūrĩa watuonirie njĩra ya Mūkūrūweinĩ wa Gathanga.

Na tondũ rĩu mĩĩrĩ yanyu nĩ yagandũka nĩ marĩa mweka
Ngwenda mũroke rũgendo mũrorete Kĩrĩ Nyaga,
Inyuĩ na airĩtu aya mũkinye makinya twakinyire,
Mũgerere njĩra ĩrĩa niĩ na Mũmbi twagereire,
Mũnyuĩre koiga niĩ na Mũmbi twanyuĩrĩire.

Mwakinya Kĩrĩ Nyaga mũrũme ngundi ya nyaga mwĩkĩre ndigithũinĩ,
Mwaroranga nĩ mũkuona maaĩ maraganu kĩrũriĩ nyũngũ ya Ngai,
Mũinamĩrĩre mũtahe maĩ mwĩkĩre ndigithũinĩ nyaga na maĩ itukane
Ngwenda o mbũtũ ĩndehere ndigithũ ya nyaga na maaĩ,
Ya kũmũrathimĩra kĩambĩrĩria kĩa rũgendo rwa gwaka rũciũ rwanyu.

Ĩini mũkĩambĩrĩria mũkamenya harĩa ithuĩ twambĩrĩirie, Mũmbi
akiuga
Mũkĩongerera mũkamenya mũrongerera kĩĩ na nĩ kĩĩ
Rũgendo rwa muoyo nĩ ndaya nginyia
Rũtihanyũkagwo na ti rwa mũndũ e wiki.
O kĩondoinĩ nĩ ndekĩra tũhiga twa gwakia mwaki na rĩgu ũngĩ.

Harĩ ũndũ ũngĩ ngũmũtũma naguo, Gĩkũyũ akiuga
Nĩ mũrona ũyũ, akiuga, na hau akĩamba kuorota Warigia.
Rĩrĩa ndonire magũrũ make matirakũranĩra na mwĩrĩ ũyũ ũngĩ,
Nĩ twathire mũgumoinĩ kũruta igongona na kũũria kĩhonia
Ngĩĩrwo kĩhonia gĩ kwa Mwengeca mũnene wa marimũ,

Atĩ ũcio e rũcuĩrĩ rũhonagia ciothe,
Tiga atĩ ndonagwo no eyonanirie na
Akoragwo e mũrangĩre nĩ mbũtũ ya marimũ na
Rũcuĩrĩ rũu rũkũraga rũrĩmĩinĩ rwake gatagatĩ.
Ndanamũcaria akanyua kagera tiga ciĩruru ciake.

Mũmũrũnde mũmũgucie rũrĩmĩ mũmunyũre rũcuĩrĩ!
Kĩhonia ciothe kĩrũnge magũrũ ma Warigia erũgamie.

9

Rũgendo rwa Kenda

Ĩ rĩu ngũheyana atĩa cia rũgendo rwitũ:
Atĩ nĩ tuoimire gwitũ Mũkũrũweinĩ,
Twĩna thanju na mĩguĩ na matimũ,
Twĩhotorete ũmĩrĩru na mwĩhoko,
Na ithuĩ Kenda tũcurĩtie tũtigithũ mwenainĩ
Tũrorete kĩrĩmainĩ kĩa mwĩhoko?
Thikũ imwe nĩ tũrona nyaga ĩkĩhenia,
Mũthenya ũngĩ nĩ ngunĩke nĩ matu,
Na mũtitũ gũtumana nduma ta kĩ, na
Ũtukũ nĩ nduma! Rĩngĩ mũthenya nĩ nduma!
Na njeneni gũcenena haha na haarĩa,
Ta njũrũũri cia ngoma mũtitũ!

Twambĩrĩirie na nyĩmbo na mĩtheko,
Anake amwe moigage atĩ rũrũ ti kĩndũ,
Kũringithania na ng'endo iria managera,
Makinyĩrĩte kĩrorerwa kĩa ũthaka wa Kenda,
Matongoretio nĩ ciĩruru irotoinĩ ciao,
Na wĩtĩkio atĩ rĩmwe iroto nĩ ikahinga! Makoiga atĩ
Angĩkorwo makinyirio nĩ kĩĩruru gĩ kĩroto rĩ,
Ĩ rĩu mareyonera kĩrĩa kĩrahenia kĩrĩma igũrũ?
Na kũmenya atĩ aciari aitũ maarĩ kuo na makiumĩra?

Twathiyathiya tūgĩkora rũũĩ rũtumanu ithanjĩ,
Mĩtheko ĩgĩthira, ngoro ikĩheha na ikĩrikĩra,
Tuona anake atatũ arĩa matongoretie mahurio nĩ maaĩ,
Tuonage magũrũ mao rĩerainĩ ta ma mũhũũri kĩhindiĩ,
Tũgĩcoka tũkĩona thakame yatherera maaĩinĩ,
Na ing'ang'i ciĩyanĩkĩte hũgũrũrũinĩ cia rũũĩ
Tũkĩmenya o rĩmwe acio nĩ kũmerio nĩ ing'ang'i!
Airĩtu othe nĩ twarĩrire magĩthira,
Tondũ ũmwe wa a cio nĩ mwanake ũrĩa twang'eng'anagĩra,

O na arũme amwe nĩ maamakire mũno
Amwe kũhingĩrĩria maithori na hinya
Arĩa angĩ kũgirĩka maithori makanyũrũrũka
Na angĩ kũinaina mwĩrĩ ta thaara matekuga ũndũ
Anake amwe makiuga rũu nĩ rũũri
Rwa gũkanania kũringa rũũĩ rũu,
Atĩ marũringa mekũrĩkĩrĩria ndainĩ cia ing'ang'i ingĩ,
Kana ndainĩ cia nyamũ ingĩ njũru gũkĩra ing'ang'i.
Mĩrongo ĩtatũ na kĩndũ magĩcokera o hau.

Rũgendo rwarĩ na magerio maingĩ:
Manene o na manyinyi ta
Gũthecwo nĩ mĩigua,
Kũhĩa nĩ njegeni na thabai,
Magũrũ kũimba na maniũrũ kĩmira gũitĩka!
Rĩmwe nĩ twakorire karũrĩĩ ka nyeki,
Wakinya ikinya hakahomboya,

Tũkĩamba kũgeria na mĩtĩ,
Kũrora kana thĩ nĩ nũmu,

Wangarĩ nĩ oigire tũtikagere ho,
No tũkĩmũkararia nĩ ũndũ
Anake gũtũmĩrĩria atĩ nĩ gĩtindiri,
Na gĩtirĩ ũndũ tiga kũhomboya, no
Twakinya gatagatĩ angĩ mũgwanja makĩhorokera,
Ta aya magucio nĩ kĩndũ na kũu rungu,
Tũkĩrigwo kana nĩ gũthiĩ na mbere,
Kana nĩ gũcoka ũrĩa tuoka,
No gũthiĩ na gũcoka no ũndũ ũmwe,

Tũkĩnyitana moko tũgĩthiĩ twĩ mũhari,
Getha ũmwe angĩkora kĩrima kĩngĩ,
No tũmũgucie ta moko maitũ arĩ mũkwa.
Nĩ twakĩrire hatarĩ mũtino ũngĩ,
No twaringa tũkĩringwo nĩ tha,
Nĩ ũndũ wa acio aitũ morĩra ndindiriinĩ,
Ta aya mamerio nĩ nda ya thĩ.
Kĩrĩa kĩarĩ kĩritũ nĩ nganja ngoroinĩ:
Twathiĩ kũ? Gwĩka atĩa? Kũgĩĩra kĩ?

Amwe makiuga tũrorete gũthira,
Makiuga nĩ megũcaria njĩra macoke,
Na makĩoya magũrũ tũmeroreire.
O na ithuĩ aya angĩ twatigirwo na ciũria,
Tũthiĩ na mbere kana tũcarie njĩra tũinũke?

Tiga atĩ o nakĩo kĩrĩma no gũtũheneria, ningĩ
Twaririkana marĩa inyuĩ aciari aitũ mwanona, na nĩ
Mwamatoririe nĩ kwĩhotora ũmĩrĩru na mwĩhoko,
Tũkaigua o na ithuĩ no mũhaka tũtorie!

Twathiyaga mũthenya, ũtukũ tũkamamĩrĩra o harĩa tũrĩiguĩra toro.
Nĩ twathire thikũ tũtekuona ũgwati na mĩtheko ĩgĩcokacoka.
Tiga atĩ hĩndĩ ĩyo tũratheka ningĩ anake erĩ makĩrũmwo thũng'wa
nĩ nyoka,
Wanjikũ agĩtanuka mĩri ya mĩtĩ agĩitĩrĩria maĩ mayo irondainĩ ciao,
Hinya wa mĩtĩ ũgĩtunya mata ma nyoka hinya anake makĩhona.
Gĩkũndi kĩngĩ gĩkĩĩyamũra gĩkiuga wendo na ũthaka itikĩrĩte muoyo!
Atĩ athaka gũtirĩ kũndũ mataciaragwo o na kwao matigire nyarari
Kĩu gĩkiuga gĩtigweterera nyoka ingĩ imarũme thũng'wa
Acio magĩcoka na thutha macarie ya kũinũka kwao.

Kwĩragwo gũtirĩ itarĩ mĩtheko,
No ici nĩ ciaregire itherũ kana mĩtheko.
Atĩ o na kũnyua maaĩ njũũinĩ no kwĩhũga
Tũtikahurio nĩ ing'ang'i tũinamĩrĩire.
Kũhũta ti mũno tondũ wa kũguĩma,
Na heho ti mũno tondũ wa mwaki
Ũrĩa twakagia na gũthegethania tũmĩtĩ,
Kana kũringithania tũhiga tũrĩa mwatũheire,
Nĩ tũũndũ tũngĩ tũnini o ũguo ta,

Kũrũmwo nĩ rwagĩ na tũmbũki tũngĩ.
Rĩmwe hamwe nĩ twakomeire thuraku,

Na hangĩ tũgĩteng'erio nĩ mbogo-kanyarare,
Atĩ o na kaba mbogo mbogo tondũ nĩ nene!
Ici ciaiganaga ngigĩ kana itono,
Na ciragambagia ciiiiii nene gũkĩra ya njũkĩ.
No thĩna mũnene ti ũrĩa warehagwo nĩ nyamũ,
Kana macigĩrĩria ma njũĩ irĩma na mĩkuru,
Ũrĩa mũnene woimire andũinĩ !

Ngũkiuga atĩa mũtoĩ?
Atĩ ũru wa andũ rĩngĩ nĩ mũũru gũkĩra wa nyamũ?
No gũtirĩ ũũru ũkĩrĩte wa andũ marigainie,
Kuoyanĩra hiũ, matimũ, mĩguĩ na ndotono.
Harĩa rĩu ithuĩ twakinyĩte twahanĩte andũ maciaranĩirwo,
Tondũ mĩeri nĩ yathiangĩte o tũkĩrĩyanagĩra na kũnyuanĩra.
Tiga atĩ o rĩrĩ tũkenete nĩ kwĩyũmĩrĩria na kũmĩrĩria maingĩ
O rĩrĩ tũrona ta twakĩra mũkuru wa magerio,
Hĩndĩ ĩyo nĩ rĩo gĩkundi kĩngĩ kĩeyamũrire na ũũru,

Gĩkiuga atĩ airĩtu nĩ ithuĩ thĩna wa arũme atĩ
Twamarutire kwao na iroto cia mĩthaiga,
Amwe makoiga atĩ maũndũ marĩa tũreka ta
Kwĩyũmĩrĩria na gwĩka ũrĩa arũme mareka
Tũtekuga hui kana cere nĩ kuonania tũrĩ arogi!
Amwe ao makaririkana wathi wa Warigia makoiga
Kĩonje kĩragirita kĩahota atĩa kũhoota andũ agima?
Atĩ gĩĩkagie mĩguĩ kũndũ arĩa angĩ matarakinyia?
Ũcio nĩ ũrogi atĩ o na ũthaka witũ nĩ mĩthaiga!

Mangītwananga no mathirwo nī mathīna, amwe ao makiuga.

Arīa angī makiuga ihenya inene riunaga gīkwa ihatha, atī

Matige kwenjera mīri ītarī yo kīhumo kīa mathīna mao,

Na gīkiuga nī kīarega mbaara ya arūme na atumia,

Mbaara ya ithuī kwa ithuī, kana ya andū marigainie!

Makīhīta atī ūrīa wothe ūgūtihia ūmwe witū,

Nī mekuonana nao arūme nī kuonanīra kīhaaro nganja igathira.

Magīkindīra mūno atī, kana tūrī atumia kana arūme, ithuothe twī rūgendoinī rūmwe,

Atī twatiha megūtiha tūgītiha; twakua megūkua tūgīkua.

Ithuī kenda tūtietereire tūrūīrwo mbaara nī arūme

Tondū nī mwatuonirie kwīrūgamīrīra maūndūinī

Na kamūira arīa oru makinyīre indo ciao,

Ithuī kenda nī twetharīte tūkahamba mītī igūrū,

O ta ūrīa tūtūire twīkaga kuma tūrī tūkenge,

O rīngī mīguī yurage ta mbura magūrūinī ma thū,

Makīigīrīra ndira ciande makīūrīra mūtitū,

Amwe magūithagie hiū na maūta makīūra,

Magīkayaga: Arogi! Arogi! Nī twarogwo!

Mwīthaga agītūikaria thī agīthamaka wega:

Akīīra matigari atī wagūcoka acoke na thayū,

Gūtirī werirwo nī ūngī oime kwao kūmatha ūthaka,

Atī o na kūrīa moimire kūrī o athaka,

Atī athaka megūtūūra maciaragwo!

Agĩtũrĩrĩkania mũkaano wa Maitũ Mũmbi atĩ,
Gũtirĩ thakame ĩgũitwo nĩ ũndũ wa wendo.
Tũgĩeterera a gũthii mathii na kwĩyendera,
No gũtirĩ woire magũrũ arũmĩrĩre acio angĩ.

Wanjikũ akiuga gũtirĩ ũndũ ũtarĩ magerio
Kana mathĩna maguo o hamwe na ngarari
No kwaria na kwarĩrĩria nĩ kuo kĩhonia kĩa ngarari
Nake Waithĩra akĩaria ciugo cia gũtũmĩrĩria
Wĩra no ũrĩa ũtarĩ mũrute,
Kwambĩrĩria, kũmĩrĩria na gũithĩria ũtuĩke muoroto witũ.
Wangũi nake akiuga kĩeha kĩeheragio nĩ gĩkeno,
Agĩkũya rwa wendo na ũiguano na gũtheranĩra ngoro
Tũkĩamũkĩria, ngoro ikĩhorera, tũgĩcokerera rũgendo.

Thutha wa mĩeri ndiũĩ nĩ ĩigana,
Nĩ twakinyire gĩtinainĩ gĩa kĩrĩma.
No nĩ kĩrĩma kana nĩ matheca itu?
Harĩ arĩa igana twanjirie rũgendo,
Matigari twarĩ mĩrongo ĩtatũ.
Tũgĩkiuga ngemi na tũkĩhuha ihũũni,
Amwe magĩthii kũhĩta thwariga,
Angĩ makĩgĩĩra maaĩ na ngũ,
Angĩ magĩthii gũtua ndare mũtitũ.

O ta mũtugo witũ gũtiarĩ wa arũme na wa atumia,
Twekaga maũndũ kũringana na ũhoti wa mũndũ.

Tūkīruga kīrugū kīnene magūrūinĩ ma kīrĩma,
Gūcina nyama iria twathĩnja ikahĩa wega
Ndogo ya thĩnjo yambatage kĩrĩma igūrū.
Tūkīrĩa, tūkīina, tūgĩkinya ikinya.
Tūgĩcoka tūkĩyara o kūu thĩ tūtarage njata.
Nĩ twaikarire hau thikū nyingĩ
Mĩrĩ yambe ĩnogoke tūtanambata kĩrĩma.

Twaganire ng'ano nginya igĩthira,
Tūkīina nyĩmbo igĩthira!
Wangarĩ nĩ we watūmire twambĩrĩrie macindano,
Rĩrĩa oigire atĩ we nĩ Wangarĩ no akuuo nĩ ngarĩ,
Nake Wambūi akiuga wona Wangarĩ akuuo nĩ ngarĩ,
O nake nĩ ekūgeria mūrĩndu kūgĩe ihenya rĩa ngarĩ na mūrĩndu!
Nake Wanjikū akiuga nĩ ekūhanyūkania nao e ndūiga igūrū,
Hūhi na ngarari igĩcaca, andū amwe moigage:
Reke tuone ihenya rĩa ngarĩ, mūrĩndu na ndūiga!

Wangarĩ, Wambūi na Wanjikū makĩoyana gūcaria nyamū,
No nĩ gūcaria kana nĩ gwetha ha kwambĩrĩria,
Kana nĩ gūthuura ĩrĩa mūndū e kūhaica,
Tondū nyamū ciaiyūire kūu guothe.
Tūtiamakaga tondū tūtūire na nyamū,
Na tūkūrĩte tūkĩaragia nacio,
Na kwĩruta mĩtugo yacio
No ningĩ amwe aitū tweciragia no itherū,
Na o rĩmwe itherū rĩgĩtuĩka kĩmako!

68

Tondũ tuonire ndũiga ĩteng'erete
Irũmĩrĩirwo nĩ mũrĩndu nyamarore,
Nayo ĩrũmĩrĩirwo nĩ ngarĩ nyamĩcore
O na tũtirona acihaici tondũ kũna
Mũkuuo ma mũkuuani matuĩkĩte kĩndũ kĩmwe!
No twaroranga wega tũkĩmona,
Wanjikũ acuhĩte ngingoinĩ ya ndũiga,
Arũmĩrĩirwo nĩ Wambũi ng'ong'oinĩ wa mũrĩndu,
Wangarĩ amateng'eretie e ng'ong'oinĩ wa ngarĩ,

Na cio nyamũ ciatuona ningĩ ikĩhahũka,
Twacokire kuona ahaici othe atatũ thĩ,
Nyamũ iteng'eranĩtie nginya ikĩbuĩria
Tũgĩteng'era harĩ o tũmakĩte mũno
Nao ahaici no kwĩrora na kwĩhura nyeki
Meyona ti atihie makĩgwa na mĩtheko.
O na ithuĩ tũgĩthekania nao tũkĩmoragia kaĩ arĩ kĩĩ
Nao anake amwe makĩũria ta matarĩ mona ũguo
Mwahoreria nyamũ icio na mĩthaiga ĩrĩkũ?

Mwanake ũrĩa wamunyũrĩire Warigia mĩguĩ
Rĩu nake akĩyumĩria kwĩgana na mahenya ma kwao
Akiuga kwao mateng'eranagia me mĩrũthi igũrũ,
Angĩ maga kũmwĩtĩkia hakĩgĩa ngarari
Akiuga nĩ ekũgeria mĩrũthi ya gũkũ amonie ũguo aroiga nĩ ma
Ũngĩ akiuga kwao mahenya nĩ ma huria ya rũhĩa rũmwe,
Na atĩ huria no ĩcinde mũrũthi ihenya

Ngarari igĩtuthũka cia nĩ ĩrĩkũ ĩrĩ ihenya gũkĩra ĩrĩa ĩngĩ
Makiumania marorete mũtitũinĩ ihenya rĩa huria na mũrũthi.

Arĩa matigirwo makĩambĩrĩria kũgana cia nyamũ cia kwao
Makiugaga kwao methimaga ũrũme na kũrũa na nyamũ njũru
Angĩ makoiga ũcio nĩ ũkĩgu mũndũ ethimaga hinya na mũndũ ũngĩ
Hagĩtuthũka ngarari cia ũrĩa o kũndũ andũ methimaga ũmũndũ wao
Twacokire kuona mũrũthi ũtengʼeretie huria,
Cierĩ ihuragie thĩ, nyeki ĩkarera rĩerainĩ thutha wacio,
Na cio nyamũ ciatuona ikĩhahũka irorete mwena ũngĩ,
Ũrĩa warĩ ngʼongʼoinĩ wa huria akĩgwa akĩgaragara nyekiinĩ,
Huria ĩgĩthiĩ ta mũguĩ ĩkĩbuĩria na kũu mũtitũinĩ!

Nake ũrĩa warĩ mũrũthi igũrũ agwa,
Mũrũthi wagarũrũkire ũkĩmwathamĩria kanua,
Na ithuĩ tũkiugĩrĩria tũroretie matimũ na kũrĩ guo ũkĩhahũka,
No nĩ watigire wamũhara guoko, thakame ĩitĩkage!
Nake Wanjikũ nĩ ũcio, o gĩthaka,
Agĩcoka na mathangũ na ndigi akĩmuoha,
No mwanake no gũtheka ta gũtihio nĩ mũrũthi atarĩ ũndũ,
Atĩ korwo arĩ na itimũ rĩake angĩarekire wathamie kanua
Nake awũikie itimũ thĩinĩ; tũkĩmũhe rĩtwa Kĩhara.

Hĩndĩ ĩyo nĩ rĩo tuonire rũru rwa njogu,
Na rĩu ithuothe tũkĩĩrana tũcigerie njogu itirĩ ũũru,
O mũndũ njogu yake na gũgĩtuĩka guo,
Tũthiũrũkanage twĩ njogu igũrũ
Ikĩrĩa nyeki ta itaraigua ũritũ witũ.

Tũkiuga tũgerie kana no iteng'eranie.
Njogu ciarega ihenya, tũkĩharũrũka
Tũgĩtheka tũkĩigua mĩĩrĩ yanogoka,
Ta gũtwĩra mathako nĩ mathira rĩu tuoerere rũgendo.

Kwambata kĩrĩma warĩ wĩra ũngĩ,
Wetagia mĩĩrĩ ĩ na hinya na ngoro nyũmĩrĩru.
Maũndũ matiathiire nywee ta mwĩĩro wa ngoro,
O twathiyathiya amwe makoiga "no tũtigakinya!"
Angĩ "kĩrĩma gĩkĩ anga gĩtirĩ mũthia!"
Angĩ "ngoro ĩroiga ĩĩ mwĩrĩ ũkoiga aca!"
Hatiarĩ kũringĩrĩria mũndũ o na ũ,
Kana gũtuĩra mũndũ ũru nĩ kũremwo
Arĩa makua ngoro magacokera o hau maremerwo,

Nao matigari tũkoiga rũgendo nĩ ikinya,
Gwakinya gwa kũhurũka tũhurũke,
Gwakinya gwa gũkinyũkia tũkinyũkie,
Ikinya gwa ikinya nginya tũkinye.
Gũtirĩ hinya ũkĩrĩte hinya wa mwĩhoko.
Kĩrĩma nĩ twambatire o kwambata,
Mĩrongo ĩĩrĩ na atandatũ nĩ o twakinyire,
No heho ĩrĩa yatũtũngire ndĩarekire tũrũhie,
Tondũ o na ngoro ĩgĩkenaga, mwĩrĩ no kũhehenara.

Amwe makiuga matieterera hau heho ĩmanine,
Magĩgĩcoka o ũrĩa mookire hatarĩ ũkwĩhũgũra.

Arĩa twatigirwo anake gakundi na ithuĩ kenda
Tũgĩtaha nyaga hehu tũgĩkĩra tũtigithũinĩ,
Twara tũkaganda ta tũtũ twarũmwo nĩ nyaga ĩno.
Kamũira twanjie rũgendo rwa gũcoka,
Tũkĩigua kubu kubu thutha witũ.
Nĩ mwanake ũmwe wa acio mathiire wacokire,
Akiuga ngoro yake yamwĩra ndangĩthiĩ atige Warigia,
Na tondũ Warigia nĩ aatigirwo mũciĩ no mũhaka acokanie na ithuĩ.

Mwanake ũcio no ũrĩa twetire Kĩhara nĩ kũharwo nĩ mũrũthi,
Na tũkĩmwamũkĩra o wega, mwanake mũciare ma!
Tũgĩikũrũkania tũkĩona maria mangĩ na rĩmwe gĩthiũrũrĩ
Tũgĩthiĩ harĩ rĩrĩa rĩahanaga ta gĩtarũrũ kĩariĩ
Tũkĩiyũria ndigithũ magĩtukana na nyaga!
Nĩ guo ithuothe twanyitirwo nĩ gĩkeno kĩa ũhotani:
Nĩ twatoria, nĩ twatoria, tũkiuganĩra na mũgambo ũmwe
Wangũi akĩambĩrĩria na ithuĩ tũkĩamũkĩria
Tũroretie mĩgambo ũthakainĩ wa bũrũri witũ.

Rũcuĩrĩ rwa Mwengeca

Njeri akiuga tũcarie njĩra ĩngĩ tũtigacokere ing'ang'inĩ
Twathianga tũgĩtonya mũtitũ mũtumanu mũno,
Atĩ, o na tũtiamenyire gũgĩtuka, tiga mĩnoga gũtwĩra tune maru.
Tũgĩakia mwaki na, o ta ũrĩa twamenyerete,
Gũgĩtuĩka amwe matũrangĩre arĩa angĩ tũkome
Tuokĩririo nĩ Wanjirũ akiuga agurũmũkio toro nĩ mũkayo
Na atĩ nĩ ona ta ona kĩrũrĩmĩ gĩtune kĩahuria arangĩri aitũ
Na ndamenyaga kana nĩ kĩroto kana nĩ kĩĩ,
Tũkĩgurũmũka ithuothe tũkĩrorana nĩ kũmaka
Tondũ nĩ ma arangĩri arĩa atatũ matiarĩ ho
Tũkiuaga tũreke gũkĩe tũkamacarie tũkĩyonaga
O na tũtamakũkĩte
Waithĩra akiuga nĩ aigua mũkinyo ũrorete na harĩa twarĩ.

Njeri akiuga tũcarie njĩra ĩngĩ, tũtigacokere ing'ang'iinĩ.
Twathianga tũgĩtonya mũtitũ mũtumanu mũno,
Atĩ, o na tũtiamenyire gũgĩtuka, tiga mĩnoga gũtwĩra tune maru.
O rĩrĩ tweĩra twĩrekia hau thĩ,
Waithĩra akiuga nĩ aigua mũkinyo ũrorete na harĩa twarĩ.
Tũkĩgũthithania tũhiga ta ũrĩa mwatũrutire,
Kũrora kana kayũ nĩ gegũcoka tũmenye harĩa ũrĩ,
Kana twĩgererie mũigana wa mwene rĩo.
No kayũ gatiacokagia ũhoro wega.

Rĩrĩ rĩngĩ tũkĩigua mũgambo wagoromoka:
Ũyũ mũtitũ nĩ wa marimũ tu! Cokai na kũrĩa muoima!
Mũgambo ũcio warurumaga ũkarurumia mũtitũ wothe
Na tũtiramenya ũroima mbere, thutha kana mwenainĩ.
Tũkĩrũga na igũrũ, tũroretie matimũ na mĩguĩ mĩena yothe.
Wanjirũ agĩtwĩra nĩ egũkĩarĩria, gĩkĩmũcokeria twĩgererie harĩa kĩrĩ.
We nĩ we ũ, kana nĩ mũgambo mũtheri? Wanjirũ akĩũria.
Wĩ mũndũ kana wĩ ngoma, ĩ njega kana ĩ njũru?
Nĩ niĩ Mwengeca mũnene wa marimũ, mũgambo ũgĩcokia

Tũkĩrorana! Mwengeca o ũrĩa mwatwĩrire ciake?
Ũrĩa wĩ njuĩrĩ ingĩcokeria Warigia hinya magũrũ?
Tũkũmenya na kĩ wee nĩwe Mwengeca,
Wanjirũ akĩyũria, na tũtirakuona?
Mwĩrĩ wakwa nduonekaga na maitho ma mũndũ, irimũ rĩgĩcokia
Na ndũmenyekaga harĩa ũrĩ, gũkuhĩ kana kũraya.
Rũrĩmĩ rwakwa nĩ ruo maitho na kanua gakwa,
Rũhenagia ta rũheni rũgatema njĩra ndumainĩ,
Rũgucũkaga ta rwa kĩmbu rũkinyĩrĩte ngi,
Ruonaga guothe rũgathiĩ guothe mũtitũinĩ ũyũ wakwa.

Njuĩrĩ yakwa nĩ kĩhoniaciothe
Tondũ gũtirĩ kĩronda ĩtahonagia.
Mwatonya mũtitũ ũyũ wakwa gwĩka atĩa?
Kũiya kĩhoniaciothe mũhonagie ciothe!
Mũrenda ndwari ĩthire thĩ ĩno nĩ kĩ?
Haha hatirĩ wĩ na kĩronda ngoro kana mwĩrĩ, Wanjirũ akiuga,
Ningĩ no twĩyethere kĩhonia towe wiki ndonga ya ũmenyi.

Wee mwarĩ mwaria mũno nĩ we ndũire njethaga! Mwengeca akiuga
Wanjirũ kanua monjore ũka twathage mũtitũ ũyũ niĩ nawe!

Kĩaigua ũguo, gĩkundi kĩa Wanjirũ gĩkiuganĩra:
Ngoro ngoroku ndĩrĩ kĩhonia tiga gĩa itimũ ngoro.
Amwe ao makĩguthũka na kũu moete matimũ igũrũ.
Wanjirũ akĩmera mareke kĩongo gĩtongorie ngoro
Amu ihenya inene riunaga gĩkwa ihatha.
Kĩrĩa maracaria kwa irimũ rĩrĩ gĩ kwenda wara!
Akĩrĩkia ũguo, tũkĩona rũrĩmĩ rũtune rũrahenia ta rũheni,
Rũrereire rĩerainĩ rũrorete na harĩa twarĩ!
No nĩ rũrĩmĩ kana nĩ kĩmũkwa kĩariĩ na ũtheri mũtune ta kĩ!

Kamũira tũmake na tũmakũke nĩ rwahurĩtie anake atatũ,
Gĩkamakũnjania hamwe gĩkamagucia na kũrĩa kĩrĩ,
Tũmaiguwage magĩkayĩra Wanjirũ amateithie,
No mũkayo wathiyaga ũkĩhwererekaga kahoora
Tũgĩcoka tũkĩigua mũkayo wao wathira o rĩmwe.
Tũkĩmenya acio nĩ maamerio nĩ irimũ.
Ngiria ĩkĩgwa mũtitũ wothe, ngoro ikĩheha
Na ithuĩ ithuothe no kũinaina ta thaara kwĩ rũhuho
Hatirĩ na kahinda ga kũinaina, Wanjirũ akĩgũthũka,

Na akĩrĩkia ũguo nĩ arũgĩte handũ akehithania na mũtĩ,
Agĩcoka akiuga o mũndũ arũgame thutha wa mũtĩ,
Mwena ũyũ na ũyũ wake tũtigie gĩcĩra tũtarona,
Na ithuothe tũige mĩguĩ ĩmĩgete na matimũ igũrũ,
Atĩ oiga RĨU ithuothe tũikanĩrie matharaita o rĩmwe

Na ũrĩa ũrĩona ha kũmunyĩra rũcuĩrĩ ndageterere arũmunye!
Amenya ithuothe nĩ twĩharĩirie o mũndũ thutha wa mũtĩ,
Wanjirũ akĩanĩrĩra ciugo o iria cia gĩkundi gĩake:
Ngoro ngoroku ĩkorokagĩra itimũ ngoro.

Ithuĩ arĩa tũkũranĩire na Wanjirũ nĩ twamenyire ngoro yake ĩ na maithori,
No mũgambo wake waiyũire rũng'athio rwa ũcamba na ũmĩrĩru.
Na rĩo irimũ rĩkĩrakara mũno nĩ Wanjirũ kũrĩng'athĩria ũguo
Na rĩgĩikia rũrĩmĩ rĩngĩ rĩũroretie na harĩ Wanjirũ.
No rũgĩthiĩ kũmũhuria, Wanjĩrũ agĩthenga ikinya kana merĩ,
Rũrĩmĩ rũgĩĩkũnjĩrĩra gĩtinainĩ kĩa mũtĩ,
RĨU! Wanjirũ akiuga
Mĩguĩ kĩrũndo ĩgĩtumĩrĩra rũrĩmĩ mũtĩinĩ
Nake Wanjirũ akĩratha agĩtheca ritho rĩrĩa rĩatongoirie rũrĩmĩ,

Nake Kĩhara akĩrũga igũrũ rĩa rũrĩmĩ
Rũrĩa rwarĩ rwariĩ ta njĩra njariĩ
Agĩthiĩ agĩcaragia harĩa rũcuĩrĩ rwarĩ,
Arũgarũgagio nĩ rũrĩmĩ ta mũgucũki,
Na irimũ rĩtiramuona nĩ ritho gũtũrwo.
No rĩrĩa Kĩhara amunyũrire rũcuĩrĩ
Mwengeca agĩkaya rũkayo ta rwa gĩkuũ
Mũgambo ũrurumage ta marurumĩ
Ũtune ũkiuma rũrĩmĩinĩ ũkĩhenagia ta rũheni.

Mwengeca akĩgũthũka o rĩngĩ
Akĩgucia rũrĩmĩ rwake na hinya wake wothe

Rŭkĩohoka mũtĩinĩ rwatũkanĩte njaaga kenda

Na rũrĩmĩ rũtirona tondũ wa ritho gũtũrwo nĩ mũguĩ.

Wanjirũ agĩtwĩra atĩ rĩrĩa irimũ rĩaikĩirie anake rũrĩmĩ,

Nĩ rĩo atuire ũrĩa tũgwĩka!

Rwĩha rũcuĩrĩ kĩhonia? Wanjirũ akĩũria na ihenya aririkana.

Kĩhara akĩoya guoko na igũrũ na maitho marakenga gĩkeno!

Kĩheyo kĩa Warigia, akiuga na mũgambo ũroiga rũtingĩkuo nĩ ũngĩ.

11

Gĩtumagĩtatumũkaganduma

Nĩ twathiangire thikũ hatarirũkĩte ũrirũ ũngĩ,
Mũthenya nĩ kwĩhũga tũtikaingĩre mũtegoinĩ wa Mwengeca
Tondũ o na twamwatũra rũrĩmĩ na ritho na kũmũmunyũra rũcuĩrĩ
Tũtiamũtihirie mwĩrĩ ũyũ ũngĩ tondũ tũtiawonaga,

Ningĩ no gũkorwo nĩ arehonirie ironda na njuĩrĩ yake.
Ũtukũ amwe aitũ twakomaga gatagatĩ kũgeria kũhinga ritho
Na o arĩa angĩ magatũrigicĩria na matimũ,
Twaikaranga tũkagarũrĩra arangĩrani magatuĩka arangĩrwo.
O na kũrĩ ũguo, kũhinga ritho kwarĩ hinya.

Ũtukũ ũngĩ, o rĩrĩ twaiguithanĩria ũrĩa tũgũkoma,
Tũkĩigua ta tũraigua makinya maroka na kũrĩa tũrĩ.
Twarora, tũrona o handũ hatumanu ũtumanu
Ũratũma nduma ya ũtukũ yoneke ta arĩ ũtheri.
Nĩ atĩa ũrirũ ũyũ wa nduma ndumanu gũkĩra nduma? Tũkeyũria.
Twaroranga tũkĩona gĩtuma kĩu kĩhana kĩĩruru kĩa mũndũ,
O na akorwo ũraihu na warĩĩ wakĩo nduonekaga wega.
Kamũira tũmakũke na twĩcirie ũrĩa tũkwĩgita,
Tũkĩigua mũgambo waruruma:

Nĩ niĩ Gĩtumagĩtatumũkaganduma
Ndumumagia ngoro itoima na nduma igatumana ta nduma ci!
Ngacierekeria njĩra cia nduma ndumanu itumanĩre kuo!

Nduma yakwa ndĩtumũkaga,
Nduma yakwa ndĩtumũkagwo!
Nduma yakwa ĩtungatagĩra mũnene wa marimũ.
Ngĩhuria na hake nyambaga kũhuria na hakwa,
Muoroto wakwa nĩ ũmwe: wĩrũmĩre ũtarũmanĩire!
Karĩ nda yakwa gatiĩyumbũraga.

Akorwo mũtikwenda gũtumana ta nduma ndumanu
Nengerai Wangarĩ ngarĩe aya angĩ mwĩthiĩre.
O rĩrĩ anake moiga maikie matimũ kĩĩruruinĩ,
Mwĩthaga akĩgũthũka: kaĩ mũtaneruta ũndũ?
Ndĩringagwo ĩtarĩ ĩroima irima.
Gĩkundi gĩake gĩkĩmũkararia amwe ao moigage
Aca, ĩno nĩ tũramĩona, maitho ma arũme ti ma irang'a
Na, magwete matimũ, magĩteng'era na kũrĩ Gĩtuma.

O rĩmwe, arĩa matongoirie makĩhurio ndumainĩ,
Tũgĩcoka tũkĩigua mũgambo ciongo ciao ikĩhũrithanio hamwe,
Rũkayo rwao rwatũrage ngoro citũ na gatagatĩ
Arĩa angĩ magĩtĩmĩra magĩcoka harĩa twarĩ.
Wũi! Acio mahuririo tũtiacokire kũmona rĩngĩ,
No mĩtheko ya Gĩtuma twaiguire gĩgĩtũthirĩkia
Gĩkiugaga ithuothe tũkũmerio nĩ nduma ta acio,
Na rĩkĩambĩrĩria gũka na hau twarĩ,
Rĩkiugaga tũrĩnengere Wangarĩ!

Nake Wangarĩ nũũ?
Arainaina ta thaara nĩ ruo gũtukana na ũcamba!
Na o rĩmwe akĩanĩrĩra rũgiti amĩrage ĩtharie njata yone
Kayũ keyegekagie mũtitũinĩ ta gaka karacũgio nĩ mĩtĩ.
Njĩtagwo Wangarĩ wĩ maitho ta ma ngarĩ.
Makwa mamũrĩkaga nduma ta riũa mũthenya kana mweri ũtukũ
Kuhĩhĩria Gĩtuma gĩkĩ ngũtumũre nduma na ũtheri wa ngarĩ.
Gĩtuma gĩkĩamba gũtĩmĩra o hanene,
Ta kiugo ũtheri arĩ itimũ kana mũguĩ.

Hau Wangarĩ akĩmenya ũndũ ũngĩ,
Agĩikia guoko kĩondo akĩruta tũhiga twĩrĩ,
Agĩtũringithania tũkĩrathũka mwaki agĩakia gĩcinga.
Rĩrĩa Gĩtuma kĩonire ũtheri no mbu gĩgĩtitimũka na thutha.
Na ithuĩ arĩa angĩ tũgĩakia icinga tũgĩgĩteng'eria,
Kĩehũgũra kĩona icinga thutha wa kĩo
Gĩkongerera ihenya gĩkĩmunyũraga mĩtĩ,
Na ĩrĩa ĩngĩ kũmĩkomia nginya gĩkĩbuĩria.
Tũkĩongerera ngũ mwaki ũrĩrĩmbũke.

Ũtune wa riũa rĩkĩratha watũkorire hau,
Na ithuĩ, o na twĩ na kĩeha, tũgĩkũngũĩra ũtheri.

Riũa mũthamaki wa thĩ
Tiga nĩwe gũtirĩ ũtheri
Tiga nĩ we gũtirĩ mwaki

Nyamũ ciothe ciotaga riũa
Mĩmera yothe yotaga riũa
O na ithuĩ andũ tũgota riũa

Wathiĩ toro na ithuĩ no toro
Waratha rũcinĩ tũgokĩra
Kũhang'ania na mĩoyo itũ

Twacokire gũkora mĩĩrĩ ya anake atatũ gĩtinainĩ kĩa mũtĩ,
Ciongo ciao ciatũranĩtio ta ici ciaringĩte mũtĩ ndumainĩ.
Tũkĩmathika.

12

Gīcinagīcinīrīri

Twathire tūkīyūragia ciūria ciīgiī Mwengeca na Gītuma.

Kana hihi nī Mwengeca ūregarūrire aratuīka nduma

Thutha wa rūrīmī na ritho rīake gwatūrwo?

Angī magakararia makoiga Mwengeca na Gītuma ti kīndū kīmwe!

Na o angī makoiga: marimū nī marimū o na mehe marītwa maingī!

Ngarari nī ciatūteithirie kweheria meciria kīehainī,

O hamwe na kūnyihia mīthenya,

Tondū rīu twathiyaga mūthenya rīrīa tūreyona,

Gwatuka, tūgakia mwaki tūgakoma, tūkīgarūranaga ūrangīri.

Twathiyanga hatarī ūrirū ūngī, tūgīcokacokwo nī thayū.

Rūcinī rūmwe o rīrī ningī tuoiga twambīrīrie rūgendo,

Tūkīigua mūrurumo ūngī thutha witū,

Ithuothe tūgītitimūka tūkīamba gūteng'era

No ningī tūkīhūgūra kūrora tūrorīra kīī!

Maitho maitū matūngirwo nī magegania:

Ūyū nī mūndū ī, kana nī nyamū ī, kana kana nī ndūī?

Kīmūndū kī na magūrū matatū na moko matatū?

Tūkīona kīmūndū kīu kīahuria mwaki na gīkīūmeria, na

O rīmwe ūrirū ūngī ūkīrirūka tūwīroreire!

Tondū kīahihia, kanua na maniūrū ikaruta rūrīrīmbī na,

Rūgacina mahuti na mītī īrīa īkuhīhīirie.

Tŭkĩigĩrĩra ndira ciande kĩa biũ gwĩthara ti guoya
Na rĩo rĩgĩtũrũmĩrĩra rĩanĩrĩire na mũgambo mũnene
Nĩĩ nĩ nĩĩ Gĩcinagĩcinĩrĩri o na iria itacinĩkaga
Njinaga gĩothe kĩ njĩrainĩ yakwa kĩ hakuhĩ kana haraihu
O na twateng'era atĩa, rĩ thutha rĩkĩhũyũkaga ndogo na mwaki
Rĩgĩĩtagia Mwĩthaga, getha atĩ rĩreke ithuĩ aya angĩ twĩthiĩre.

O na akorwo tũtiakĩonaga wega tondũ
Mwĩrĩ wa kĩo warĩ mũhumbĩre nĩ ndogo na rũrĩrĩmbĩ,
Nĩ twagunagwo nĩ gũtuĩka magũrũ na moko ma kĩo matatũ
Matiatwaranaga wega kana gũkinyũkania hamwe wega.
No nĩ kĩaminjaga rũrĩrĩmbĩ kũnene na ruokaga rũnegenete
Ningĩ rĩrĩa ithuĩ tũrahũma kĩo gĩtirahũma.
Ithuĩ nĩ mwaturutire ihenya kuma tũrĩ o twana,
No anake amwe matiakũrire na mahenya ta ithuĩ,
Kwoguo o makĩhihia, mahũri mao nĩ kuga mbu.

Tũthiangĩte tũkĩigua anake arĩa marigĩtie thutha mũno,
Makayũrũrũka nĩ ruo rwatemaga mũndũ ngoro na kĩongo
Tũkĩmenya acio nĩ makinyĩrwo nĩ rũrĩrĩmbĩ, kao nĩ gathira
Na ithuĩ no ruo nĩ kũmenya tũtirũgama kũmateithia
Mwĩthaga akiuga tũhaice mũgumo igũrũ tondũ
Tũtihota kũhũmania na kĩmũndũ gĩtarahũma.
Mũgumo warĩ mwariĩ mũraihu na hwang'wa nyingĩ.
Kĩmũndũ kĩu gĩkĩrũgama gĩtinainĩ kĩa mũgumo ũcio,
No gĩtiahotaga gũkinyia rũrĩrĩmbĩ gacũmbĩrĩinĩ ka mũtĩ.

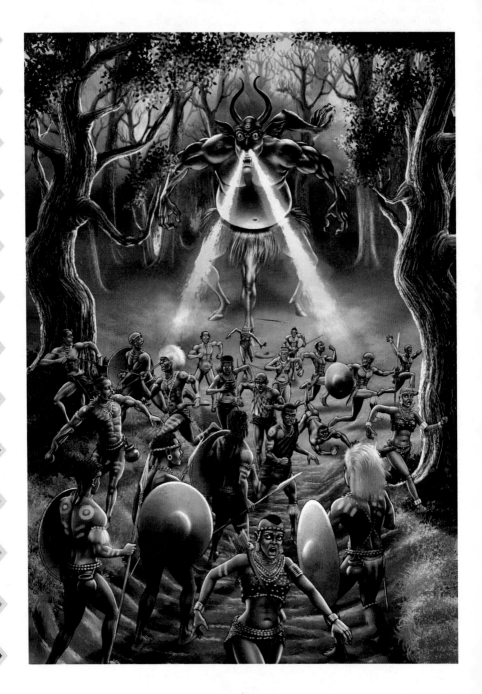

Nake Mwĩthaga akĩambĩrĩria kũrĩthirĩkia:
Njĩtagwo Mwĩthaga na rĩngĩ Nyambura, ũrĩa ũinaga:
Mbura ura
Ngũthĩnjĩre
Njong'i ĩmwe
Ya magũrũ atatũ
Mogomu ta mbogoro
Ya moko atatũ
Momũ ta mahiga
Iteng'era ndũhota
Kuoya kĩndũ ndũhota
Kũnyua maaĩ ndũhota

Kĩaigua ũguo gĩkĩamba gũtithia ta kĩraigua guoya,
Na hau Mwĩthaga akĩmenya ũndũ ũngĩ.
Akĩaũra ndigithũ ng'ong'o akĩmĩinamĩrĩria agĩita maĩ,

Akiugaga ciugo cia kũhuuha mbura
Na o hĩndĩ ĩyo mbura ĩkĩambĩrĩria kura
Macoya thĩ magambage cococococo
Nĩ ũndũ wa kũbobokerwo nĩ mbura
Gĩcinagĩcinĩrĩri no magũrũ na moko atatũ kĩande
Gĩkĩũra gĩkiugaga mbu nginya gĩkĩbuĩria,
Na tũtiacokire gũkĩona kana gũkĩigua.

13

Irimũ rĩa Kĩmĩimatathiraga

Tũtiathire hanene Mwengeca atatũmĩte magerio mangĩ,
Tiga atĩ o kĩgerio gĩoka tũgakĩonera kĩgarũri,
O ta ũrĩa mwanatũruta atĩ gũtirĩ kĩhinge gĩtarĩ kĩhingũri.

Irimũ rĩa Maithorimatathiraga rĩatumĩrĩire o rĩrĩ tũraria cia arĩa tũratunyirwo,
Maithori manyĩrĩrĩkage ta maaĩ makiuma mũtũrirũ,
Rĩgatũma o na ithuĩ maithori maitũ maitĩke mategũtigithĩria,
No rĩrĩa rĩetirie Wambũi atĩ getha rĩtũgirie maithori,
Tũkĩmenya tũrenderwo kĩeha kĩeherie mwĩhoko tũtige rũgendo
Na ithuĩ tũgĩcira na tũgĩtua tũtigũkua ngoro ũrĩa tũrenderwo nĩ thũ.
Rĩa Maithorimatathiraga tũkĩrĩingata na mĩtheko,
Mwĩhoko na mwĩrĩgĩrĩro ikĩriũka,
Tũgĩcokerera rũgendo na hinya muongererũku.

Rĩa Kĩguũ rĩgĩtũteng'eria rĩgĩtũikagĩria ndihũ na ndaka,
Na ithuĩ tũgĩteng'era tũkĩhaica karĩma gacũmbĩrĩ igũrũ
Na rĩo rĩaremwo nĩ kũhaica karĩma rĩgĩcoka na thutha.

Irimũ rĩa KĩmĩiMatathiraga rĩamĩyaga kĩrĩma na kĩngĩ,
Rĩera rĩgatararĩka mũtararĩko wa ũbuthu mũtheri,
Mathangũ ma mĩtĩ makarigoya hakuhĩ kũma,

Nyoni ikagwa thĩ ihoteku nĩ rĩera kũbutha
Iria ingĩ ikombũka itarainĩ gũthama,
O na tũnyamũ tũmbũki nĩ twetharaga!
Ithuĩ twetigĩraga mũno ũbuthu ũcio ndũgakinye njũĩinĩ,
Tondũ kũbuthia rĩera na maaĩ nĩ kũroga muoyo!
Rĩu irimũ tũkĩrĩiingata na mũnungo mwega wa mahũa.

Rĩrĩa rĩarĩ rĩũru mũno,
Angĩkorwo kwĩ irimũ rĩngĩkĩria marĩa mangĩ ũũru,
Nĩ irimũ rĩa Thakame Mĩromo rĩrĩa rĩetagia thakame itũ,
Rĩgatũiguithia wega ta arĩ ũndũ mwega rĩratwĩrĩra,
Atĩ rĩkũiganwo nĩ thakame tu, ti nyama rĩrenda,
Atĩ rĩgũtũnyua thakame rĩtũtigĩre mwĩrĩ ũtarĩ na kĩrema handũ!
Na rĩo rĩu tũkĩrĩhenereria nginya handũ irimainĩ,
Rĩkĩhobokera tũkĩrĩtiga rĩgĩkaya rĩkiugaga nduta
Mwandiga haha nĩ ngũkua nĩ kwaga thakame.

Twakenire atĩa twakora rũũĩ rwa maaĩ matheru ma?
Rũũĩ rũu nĩ ruo rwahakanĩtie mũtitũ wa Mwengeca
Na mũtitũ mwena ũyũ ũngĩ wa rũũĩ o na akorwo tũtioĩ nĩ wa ũ!
Anake amwe makoiga rwarĩ rwariĩ gũkĩra monete ng'endoinĩ ciao.
Tũgĩikũrũkania na ruo gũcaria hega ha kũrũringĩra,
Na gũtuĩria wega tũtikagerere ing'ang'iinĩ mathanjĩinĩ.
O rĩrĩ tuona handũ tũngĩthambĩrĩra tũringe,
Na gwĩciria nĩ tuoima mũtitũ wa marimũ tũrũhie,
Tũkĩigua mũgambo wagoromoka mũkĩra wa rũũĩ!

14

Marimũ ma Kĩondo Gĩtaiyũraga

Nĩ niĩ Karĩithongo karĩa karingithanagia ciongo igacerekena!
Koigi ũrĩa ugaga gũgekĩka ũrĩa koiga!
Karĩithi ũrĩa ũrĩithagia ikarĩa mahiga ikĩenda na itekwenda!
Wairimũ, mwarĩ wa irimũ, nĩ we ndaiyĩra, ũtuĩke mũka wa irimũ.
Twarora mũkĩra hakuhĩ na harĩa ndururumo ĩraitĩrĩra,
Tũkĩona kĩmũndũ kĩigana kũrema na tũkĩmenya nĩ kĩo kĩraharwo
ciugo.
Njuĩrĩ yakĩo yagwĩrĩire mwĩrĩ wothe.
Na o rĩmwe tũkĩmenya nĩ irimũ o ta marĩa ma Mwengeca,
Kana marĩa mwanatwĩra ciamo ng'anoinĩ cia kũnyihia hwaĩ.

Kĩrĩa gĩatigithũranĩte rĩrĩ na ma Mwengeca nĩ maitho.
Thithinĩ rĩarĩ na ritho rĩmwe tu, rĩrĩa rĩakanaga mũrũri ta wa riũa.
Twaga kũrĩcokeria, rĩkĩrurumĩria makĩria:
Wairimũ mwarĩ wa irimũ inũka kwa irimũ ũkarugĩre marimũ!
O na tuonete marĩa tuonete nĩ twambire kũgega,
Tũrigĩtwo kana nĩ kũrũa kana nĩ kũũra,
Tũiguage tũhatĩrĩirio mũtegoinĩ gatagatĩinĩ ga thutha na mbere:
Thutha witũ nĩ Mwengeca na marimũ make;
Mbere, mũkĩra wa rũũĩ, nĩ Karĩithongo na marimũ make,

O rĩrĩ tũragariũrania wa gwĩka,
Wanjikũ akiuga kwĩgita ti guoya,
Na mbaara ndĩcaragio,
Tiga atĩ ĩngĩtũkora tũtingĩmĩũrĩra.
Ithuĩ ithuothe tũgĩtĩkania nake,
Tũgĩteng'era na kĩanda tũrũmanĩrĩire,
Tiga tĩ o rĩrĩ tweciria nĩ twatee irimũ,
Tũkĩrĩona mwena ũrĩa ũngĩ wa rũũĩ!
Tũkĩambata na kũrĩa tũkumĩte,
Ningĩ tũkĩrĩona rĩtũng'etheire rĩ mwena ũrĩa ũngĩ.

Wairimũ akĩng'athia akiuga anĩrĩire:
Njĩtagwo Wairimũ na ndirĩ wa irimũ,
Ndigithia ũrimũ kana ngũrimũre ũrimũ.
Hau ithuothe tũkĩnyua muma atĩ
O na maigana atĩa tũtikũũrĩra marimũ rĩngĩ
Tondũ o ũrĩa tũramahaka na kũmorĩra,
Noguo marakĩrĩrĩria kũnora mwĩrĩ na kũnoora magego.
Narĩo irimũ rĩkĩrakara nĩ Wairimũ kũrĩng'athĩria
Rĩkiuga twarega na Wairimũ, ithuothe rĩgũtũiga thegi warĩo!

Mũroneka ta mũtanjũĩ, rĩkiuga, reke ndĩmenyithie tũmenyane.
Ndetirwo Karĩithongo nĩ ritho rĩakwa kuona haraihu,
O na Nyakondo no rĩakwa, tondũ kĩondo gĩakwa gĩtiyũraga, na
Rĩoiga ũguo rĩkĩinamĩrĩra ndururumoinĩ,
Maaĩ makeitĩrĩra kĩondo gĩtaraiyũra,
Rũũĩ ruothe mũhuro wa ndururumo rũkĩitĩrĩra ho,
Na kĩondo gĩtiraiyũra.

Na ithuĩ tuona thĩ nyũmũ harĩa hoima maaĩ,
Tũkĩĩrana tũkĩre tũkamĩrũĩre mũkĩra ũcio ũngĩ.

Na rĩo rĩkĩrekereria maaĩ kuma kĩondo rũũĩ rũgĩcoka,
Atĩ korwo nĩ twambĩrĩirie kũringa tũngĩatherferirio nĩ rũũĩ.
Nengerai Wairimũ mũka wa irimũ ainũke kwa irimũ
Na inyuĩ aya angĩ mwĩthiĩre mũinũke na wega!

Ndigithia ũrimũ kĩrimũ gĩkĩ, Wairimũ akiuga rĩngĩ
Njĩtagwo Wairimũ no ndirĩ wa irimũ,
Ndĩ mwarĩ wa Mũmbi na Gĩkũyũ
Ndirĩ gĩthayo tawe
Ndĩyaga ndĩrĩmĩire,
Nganyua ndĩtahĩire,
Ngaikara ndĩyakĩire,
Ndigithia ũrimũ
Kana ngũrimũre ũrimũ.

O hĩndĩ ĩyo hau hakĩgera thiya na thwariga,
Irimũ rĩgĩcihuria ĩmwe na ĩmwe na ĩngĩ
Rĩgĩcikia kĩondo gĩtaraiyũra.
Rĩgĩka maingĩ ma gũtũhahũra ngoro ta
Kũmeria mĩtĩ, tĩĩri, ciothe ciothe,
Rĩkiugaga twarĩgiria Wairimũ,
Tũkũrĩkĩrĩria kĩondoinĩ gĩtaraiyũra.
Ang'athĩtie, nake Wairimũ akiuga atĩ
Ekũrĩtathũra nda ĩtaciaraga, indo ciene rĩanameria ciume.

Nao anake othe nĩ kũhĩhĩyana nĩ ũrũme,
Ũmwe wao akiuga arekwo ang'eng'ane na rĩo e wiki,
Na akĩrĩkia kuga ũguo nĩ anyugutĩte itimũ.
Ithuothe tũkĩmaka, tondũ
Irimũ rĩrĩa rĩanyitĩire itimũ na guoko rĩerainĩ
Rĩkĩriunanga tũcunjĩ rĩgĩtũikagia kĩondo.
Angĩ atatũ makĩnyugutanĩria mao ihinda rĩmwe,
Rĩkĩmanyitĩra igũrũ rĩkĩmoinanga na mang'ũrĩ
Rĩgĩikagia tũcunjĩ kĩondo gĩtaraiyũra.

Anake angĩ erĩ magĩcoka na thutha mehithĩte,
Magĩkungĩra mahutiinĩ maikũrũkanĩtie na rũũĩ,
Na ithuĩ tũkĩrĩhang'ia na ciũria itarĩ njĩra,
O kũhe anake kahinda mone ha kũringĩra rũũĩ,
Mariume na thutha marĩthecange na matimũ.
No rĩrĩa marĩikĩirie matimũ magĩciria rĩtirona,
O na rĩtiehũgũrire rĩamanyitĩire igũrũ,
Rĩkĩmoinanga na gwĩkĩra tũcunjĩ kĩondoinĩ,
Rĩgĩthekaga na kĩnyũrũri, ritho rĩarĩo rĩtũmũrĩkĩte.

O na mĩguĩ yao, rĩgĩka o ta guo,
Kũnyita, kunanga na gũikia tũcunjĩ kĩondo.
Nĩ rĩo twamenyire atĩ rĩ na ritho rĩngĩ igoti.
Nake Wairimũ akĩigua ta egũitwo nĩ marakara,
Na akĩhuria itimũ rĩa mwanake ũngĩ,
Akĩrĩnyuguta na hinya mũingĩ mũno,
Rĩkĩgerera rĩerainĩ rĩkĩhuhaga mĩrũri,

Rĩkĩhĩtũkĩra igũrũ wa mũtwe wa irimũ,
No irimũ, rĩtiahutirie itimũ kana kwĩhũgũra.

Wairimũ akiuga nĩ amenya ũngĩ nĩ ekuonana na rĩo,
Na ithuĩ tũkĩmũthaitha atige gwĩka ũndũ e wiki,
Atĩ kaba tũthiranĩre hamwe, na hau hakĩgĩa ngucanio.
Ĩno mbara nĩ yakwa na marimũ maya, Wairimũ akiuga.
Aca mbaara ya marimũ ti ya mũndũ ũmwe, tũkiuganĩra,
Ningĩ hinya wa andũ ana me hamwe,
Nĩ ũkĩrĩte wa andũ anana matarĩ hamwe.
Rĩakũmeria rĩgũcoka harĩ ithuĩ,
Ũmwe kwa ũmwe kĩondoinĩ gĩtaiyũraga.

Wairimũ agĩtwĩra tũtige kũmaka,
Atĩ tũikare tũkĩrĩikagĩria mahiga tũtegũtigithĩria.
Nake, arũmĩtie ũta wake mokoinĩ na kĩrangi ng'ong'o,
Wairimũ agĩkungĩra mahutiinĩ akĩhamba mũtĩ igũrũ.
Na thutha hanini tũkĩigua irimũ rĩakaya nĩ ruo
Mũrurumo warĩo ũthingithagie thĩ nginya harĩa twarĩ!
Mũguĩ ũngĩ na ũngĩ o kĩongo gatagatĩ.
Rĩrĩ rĩngĩ rĩkĩigĩrĩra ndira ciande rĩgĩkayaga,
Mĩguĩ ĩtatũ ĩ kĩongoinĩ kĩarĩo ta mĩkuha ya njege.

Wairimũ akĩharũrũka agĩtwĩra atĩ rĩrĩa arĩikirie itimũ,
Nĩ guo amenyire irimũ rĩu rĩonaga o mbere na thutha tu,
Atĩ rĩtirahota kũng'aara rĩrore igũrũ
Kana kũinama rĩrore thĩ
Kana kũrora mwena na mwena!

Rĩu tũgĩikũrũkania na rũũĩ tũkĩona ha kũringĩra,
Tũkĩgomana mwena ũyũ ũngĩ na anake arĩa erĩ omĩrĩru,
Na ithuĩ ithuothe no kũrũhia tondũ hatirĩ warĩ mũtihu handũ.
Na gũkumia ũmĩrĩru wa anake arĩa na wara wa Wairimũ.

O rĩrĩ twĩ ĩrũhiainĩ tũgĩkumagia wara wa Wairimũ,
Tũkĩona tũrĩ athiũrũrũkĩrie nĩ mangĩ manana,
Marakaru atĩ nĩ twatheca mũnene wao na mĩguĩ.
Makĩanjia kũina atĩ ciondo ciao o na cio itiyũraga,
Atĩ megũtũmeria na mamerie tĩĩri na rĩera na maaĩ
Tondũ ciondo citũ itiyũraga, makoiganĩra hamwe.
No rĩu tũtiamakaga tondũ nĩ twamenyete hitho ya marimũ.
Tũgĩtiga Wairimũ na anake arĩa makĩmaikĩria mahiga.
Na ithuĩ aya angĩ mĩtĩinĩ, o ũmwe na irimũ rĩake.

O na macio mangĩ mekire o ta mũnene wao,
Makĩigĩrĩra ndiira ciande magĩkayaga,
Makĩĩhĩtaga na kĩondo kĩao gĩtaiyũraga!
Kamwe anga kaarĩ mwana tondũ
Gakayagĩra ithe na kamũgambo gaceke
Baba nĩ niĩ Manga na ndirĩ mũhutie handũ,
Nĩ ngaciara mangĩ, Manga gakiuga karũmĩrĩire ithe,
Nake oigage akĩhũmaga, o na ũguo mũriũ tũkũrie ũrimũ,
Wa kĩrimũ wĩtirimagia na mbarĩ ya marimũ.

15

Wamahuru na Wamahiti

Nĩ tuonire mangĩ ma magegania
Atĩ o na rĩu ngĩheana rwa cio
Ndĩrona ta arĩ ũrĩa mũndũ arotaga
Iroto iria ihahũraga mũndũ toro
Atĩ agĩũkĩra ũguo no thithino.

Rĩmwe nĩ tuonire mũtitũ mbere itũ
Mĩtĩ ĩ na mahũa ma marangi marirũ ta kĩ
No twaũkuhĩhĩria tũkĩenda gwĩtuĩra mahũa mamwe,
Mũtitũ ũgĩtonya na thĩ ta wamerio nĩ marima, no twakĩra
Na twarora thutha mũtitũ nĩ wacokete.

Harĩ rĩmwe twakorereire mwena wa rũũĩ,
Tũkĩamba kũgegearĩra o harĩa twarĩ
Tondũ tuonire irimũ rĩecomora kũgũrũ
Rĩgĩgũthambia maaĩinĩ na gũtiroira thakame,
Rĩarĩkia rĩgĩkwanĩka mwenainĩ atĩ kũme.

Rĩgĩka ũguo na kũgũrũ kũu kũngĩ,
Rĩgĩcokerera maniũrũ na matũ
Ciĩga cia mwĩrĩ kĩmwe gwa kĩmwe
Nginya ritho rĩa ũrĩo na rĩa ũmotho
Gũkonora gũthambia na kwara mwenainĩ.

Maitho merĩ makĩanjia gũthaka
Magĩcoka magĩteng'erania

Kũgaragara marorete na kũrĩa twarĩ na
Rĩrĩa matuonire makiuga mbu na
Makĩambĩrĩria kũgaragara macokete na thutha!

Nacio ciĩga iria ingĩ kũigua mbu
Ikĩanjia kũrũga kĩmwe gwa kĩmwe
Gũcoka mwĩrĩinĩ na maitho no mbu
Nĩguo anake erĩ maikanĩirie mĩguĩ
Magĩtheca maitho macio na ithuĩ no ndira ciande.

Twathiyathiyanga nĩ twatũngire mangĩ merĩ
Matuona makĩũra na ĩthuĩ tũkĩmateng'eria
Rĩmwe rĩkĩgarũrũka rĩgĩtuĩka ihuru rĩerainĩ
Rĩu rĩngĩ kĩhiti kĩnene ta kĩ, cierĩ igĩtũrũmĩrĩra
Wamahuru rĩerainĩ na Wamahiti mũtitũinĩ ndumainĩ.

Nĩ twamenyire cietereire ũmwe witũ agwe
Atuĩke kĩimba cione gĩa gũtharanĩra
Na ithuĩ tũkĩũhĩga tũkĩrekia thwariga ĩmwe thĩ
Wamahuru na Wamahiti magĩteng'era ho na ithuĩ
No magũrũ ciande tũkĩũra tũkĩbuĩria.

16

Marimũ ma Irembeko

Twaiguire wega atĩa twakĩra mũtitũ wa Nyakĩondo,
Tũgĩkora rũriĩ rwa nyeki rũiyũire rũru rwa nyamũ,
Mĩthemba ĩrĩa ĩrĩyaga nyeki na mahuti,
Ndũiga, thwariga, mĩrĩndu, thiya, mbogo,
Na nyoni rĩerainĩ o hamwe na nganga na nyaga,
Igĩtũririkania iria ingĩ tuonire magũrũinĩ ma Kĩrĩ Nyaga,
Tiga atĩ rĩu twarorete kũinũka gwitũ Gathanga.
Hau nĩ ho ningĩ tuonire ũrirũ ũngĩ.
Tũtiũĩ nũũ wambire kũmuona.

Mwanake mũmbe ũthaka wa mũnyũ,
Mwĩrĩ wothe o hamwe na nguo nĩ mũnyũ,
Njuĩrĩ nyoroku ta kĩmira kĩerũ ĩkagwĩra ciande,
O nayo ĩrahenia ta mũnyũ mwerũ gũkĩra nyaga.
Reke ningĩ mwĩrĩ ũyũ na njuĩrĩ igwĩrwo nĩ mĩrũri ya riũa rĩgĩthũa,
Ikahenia na marũri marĩa mũgwanja ma mũkũnga mbura.
Reke ningĩ mwanake ũyũ atũhuhĩre mĩrũri.
Ndiũĩ nĩ kĩĩ gĩatũkumbacire ithuĩ kenda o rĩmwe,
Tũkĩambĩrĩria ngarari na kuga ũcio nĩ we ngoro ĩtũire yetereire.

Nĩ rĩo Wanjikũ atũkiririe ithuothe akiuga tũmenye wega
Mũgathĩ wa kuona ũteyaga wa mwene,
Na mũndũ no ate inya akinyĩrĩte inyanya
Wamũnyũ aakĩririe Kairũ ũthaka rĩ?

Twahota atĩa gũtiga aya tuonanĩire ruo na thĩna,
Nĩ ũndũ wa mũndũ tũtoĩ?
Nĩ ũndũ wa mũnyũ mwerũ?
Kaĩ twariganĩrwo nĩ mũkana wa Mũmbi?
Reke tũcokie maitho maitũ harĩ ikundi citũ! Akiuga.

Twakorire nao anake maroretie mao mwena ũrĩa ũngĩ wa
Rũriĩ harĩa harũngiĩ mũirĩtu wa mwĩrĩ mũtheri wa mũnyũ,
Njuĩrĩ nyorothe mũnyũ ĩkanyoroka ta kĩmira,
Ĩkagwĩra ciande cierĩ o ta ya mwanake ta marĩ a nyina ũmwe
Njuĩrĩ imwe ciahumba maitho nĩ karũhuho agacieheria na
Ciara ndaihu hake mũnyũ ta kũndũ atahutagia tĩĩri
Nake ainage karwĩmbo karatonya matũ ma anake ngoma ikamokĩra
Na makĩambĩrĩria gũthonjana o ta ithuĩ makiugaga ũcio nĩ we.
Makahana ta aya mariganĩirwo atĩ nĩ ithuĩ mokĩte gũcaria.

Kĩhara nowe tu waregire gũtahwo nĩ mũgathĩ wa kuona
Mwanake o ũrĩa wamunyũrĩire Warigia mĩguĩ kĩrithoinĩ
O ũrĩa ningĩ watihirio nĩ mũrũthi kĩrĩmainĩ tũkĩmwĩta Kĩhara
O ũrĩa ningĩ wamunyire rũcuĩrĩ rũrĩmĩinĩ rwa Mwengeca
O ũrĩa woigire nĩ we ũkũrũkuwa arũmenyereire nĩ rwa Warigia
Ũcio akĩanĩrĩra akiuga we ethurĩire wake wa ngoro o tene
Atĩ o na wake atarĩ haha kũmuona kĩmwĩrĩ,
Ngoro yake yombire ngoroinĩ ya Warigia tene
Na ndĩngĩũmbũrwo ho nĩ ũndũ wa mũnyũ werũinĩ.

O hĩndĩ anake aya angĩ marahaaranĩra Wamũnyũ,
O mwanake akoiga Wamũnyũ nĩ wake tondũ nĩ we ũmuonire mbere

Na atĩ nĩ we tu ũrahuhĩrwo mĩrũri nĩ Wamũnyũ,
Hagĩũka rũhuho rũnene atĩ ona ithuĩ rwarĩ hakuhĩ gũtuoya mĩthuru.
Hĩndĩ ĩyo nĩ rĩo tuonire ũrirũ ũngĩ.
Njuĩrĩ ya mbarĩ ya mũnyũ ĩkĩoywo nĩ rũhuho,
Ciongo cia ene yo igĩtigwo ũtheri,
No nĩ ciongo kana nĩ mahĩndĩ.
Tiga! O na to ciongo ciki.

Mwĩrĩ wothe nĩ mahĩndĩ matheri.
Mahĩndĩ makehumba irembeko cia mwĩrĩ na njuĩrĩ.
Twacokire kuona mahĩndĩ marĩa mahanyũkĩte rũriĩinĩ,
O na nyamũ ciamona igatitimũka na ingĩ kũũra,
Magĩtuĩkanĩria werũinĩ marorete ithũĩro makĩgambaga karagaca
Nginya makĩbuĩria mũtitũinĩ wa Nyakondo.
Tũkĩrorana ithuothe nĩ kĩmako,
Na tũgĩcokeria Wanjikũ na Kĩhara ngatho,
Nĩ gũtũgiria tũtahwo nĩ marimũ ma irembeko cia mũnyũ.

17

Rũcuĩrĩ Rũhonia Ciothe

Tũgĩthiĩ twarĩ mĩrongo kenda na kenda,
Nganja na mwĩhoko irũagĩre ngoroinĩ,
Ũgwati woka nganja ikongerereka,
Mwĩhoko ũgakararia mĩhehũ ya nganja,
Kĩĩrĩgĩrĩro gĩkongerera hinya mwĩhoko.
Rũgendo rwitũ rwarĩ rwa ruo na magerio,
Tiga atĩ magerio nĩ kagera ngoro na mwĩrĩ.
Ningĩ nĩ mũtwĩraga atĩ mageria no mo mahota.
Tũgĩcoka twarĩ ikũmi na kenda njui hũũre,

Kĩeha na gĩkeno irũagĩre ngoro,
Kĩeha nĩ ũndũ wa arĩa matakinyire,
Amwe nĩ ũndũ wa kũhurio nĩ ing'ang'i,
Angĩ nĩ gũkua ngoro magacokera njĩra,
Nao arĩa angĩ nĩ kwanangwo nĩ marimũ.
Kĩrĩa gĩatũkenagia nĩ nyaga ĩrĩa twarutire kĩrĩmainĩ,
Hamwe na maaĩ ma kĩrĩmainĩ ndigithũinĩ kenda,
Rũũri rwa atĩ nĩ twambata kĩrĩma gĩa Kĩrĩ Nyaga
Atĩ nĩ twakinya makinya mwakinyire,

Twagera njĩra mwagereire,
Twanyuĩra kiuga mwanyuĩrĩire,
Na twaina rũrĩa na inyuĩ mwainire.

Tũracokire ikũmi na kenda twĩhũgĩte mwena na mwena,
Na rĩu nĩ twamenya atĩ marimũ ti ng'ano meho na atĩ,
Nĩ ma mĩthemba mĩingĩ na nĩ marĩani biũ biũ,
Mekwenda kwĩhotorerwo mahinda mothe.
No kĩrĩa twarehe kĩnene nĩ rũcuĩrĩ rwa Mwengeca.

Gĩkũyũ agĩtuĩra mata gĩthũri, akiugaga thaai
Hinya ũrĩa wamũcokia haha noguo watũrehire haha thaai
Rũgendo rwanyu nĩ rũrathime tuge thaai
Tondũ o na hatarĩ rũcuĩrĩ Warigia wanyu nĩ arũngarire magũrũ,
Na o hĩndĩ ĩyo makĩona Warigia oimĩra mũtitũ aigĩrĩire thiya kĩande.

Oima kũhĩta nyamũ e wiki, Mũmbi akĩmeera, na matige kũmaka
muoyo nĩ magegania
Atĩ moimagara o ũguo no rĩo Warigia ambĩrĩirie gũkiritaga nginya
kĩanda rũũĩinĩ, e wiki
Akiugaga atĩ athiĩ gũthagana wake; atĩ tondũ mwathire na ya rũũĩ,
mũkainũka na ya rũũĩ.
Agagĩikarĩra kahiga acurĩtie magũrũ maaĩinĩ, maaĩ mamamoyage,
Rĩngĩ agakomera tũhiga maaĩ mathereragĩre mwĩrĩinĩ wothe,

Mũthenya ũmwe nĩ guo twaiguire ngwa na rũheni tũtarĩ tuona
Ta kũndũ thĩ na igũrũ iratũkanĩra hamwe o rĩmwe
Ngwa na rũheni igĩthiranĩra o hamwe ta arĩ kũhĩtũka ciehĩtũkagĩra.

Tũkĩrorana tũkĩũrania e ha Warigia witũ? Kana nĩ we wetwo?
Niĩ na thoguo tũkĩyona tũrorete na ya rũũinĩ ta twathiĩ mbaara

Twatūngire Warigia akinyūkītie na magūrū marūngarū ta kī.

Kīama gīkī gīekīkire rī? Twathiī o ūguo? Makīūranīria.

Aca, mūikarangīte matukū, ta kīmera kīmwe gīthiru, Gīkūyū akiuga.

Othe magīkira makiuna ciara magīcoka makīrorana, tondū

Hīndī īyo yaringanire na rīrīa Kīhara amunyūrire rūcuīrī rwa Mwengeca!

18

Kũhanda Ithĩgĩ Mũciĩ

Wanjirũ na mwanake wake makĩoyanĩra ndigithũ yao,
Magĩkinyũkanĩria kahoora makĩmĩiga magũrũinĩ ma Gĩkũyũ na Mũmbi
Nyaga nĩ yatuĩkĩte maaĩ namo magatigara o manyinyi.
Gĩkũyũ agĩtobokia gĩcuthĩ ndigithũinĩ akĩmaminjĩria kĩrathimo.
Maaĩ maya matuĩke horohio ya kweheria thahu mĩoyoinĩ yanyu.

Mwene Nyaga aromũnyagĩra kĩrathimo gĩake, Thaai.
Nake Mũmbi o ta guo gĩcuthĩ ndigithũinĩ akamaminjĩria kĩrathimo.
Thaai Mwene Nyaga atwehererie kĩng'ũki kĩa marimũ bũrũriinĩ:
Rĩu nĩ hĩndĩ ya ngoro ya wathiomo na wathiomo gũthiomana
Ciana nyingĩ ithakage nja ya mũciĩ wanyu.

Acio angĩ o ta guo erĩ erĩ ndigithũ thĩ makaminjĩrio kĩrathimo.
Hagĩtigara Warigia na mwanake wake
O ũrĩa watihirio nĩ mũrũthi makĩmũhe rĩtwa Kĩhara
O ũrĩa ningĩ wamunyire Mwengeca rũcuĩrĩ.
No rĩu erĩ matiarĩ na ndigithũ tiga rũcuĩrĩ rwa Mwengeca

Warigia agĩteng'era nyũmba kwao,
Agĩcoka na ndigithũ ĩ na maaĩ,
We na mwanake wake makĩmĩoyanĩra

105

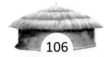

Makīmīiga magūrūinī ma Gīkūyū na Mūmbi.
Niī Warigia ndatigirwo gūkū ndīmūrorage, akiuga.

Ūyū wa ngoro yakwa ndethurīire o gatene
Na gūtirī ūndū ūngīekīkire rūgendoinī
Ūgarūrīre ngoro yakwa yone ūngī.
Maaī nī maaī! O na maya moimīte kīrīmainī!
O na ithuī tūrathime na maya nī mo mararūngire magūrū makwa.

Gīkūyū akiuga rīu anake aya ti ageni
Tondū nī mahanda ithīgī mūciī.
Mūmbi na airītu macoke nyūmba yao,
Na anake o mūndū nyūmba yake,
Twambīrīrie mambura thutha wa thikū kenda.

19

Igongona rĩa Gũciaranwo

Thikũ kenda itanakinya, Gĩkũyũ na Mũmbi
Makĩmacokania ndundu rĩngĩ
Getha anake aya maciarwo rĩngĩ
Tũrũmie ũrũmwe ũrũme ũrũmanĩre
Mĩhĩrĩga ĩrĩa magaciara ĩgĩe marĩtwa:

Wanjirũ na Njirũ
Ciarwo rĩngĩ wĩtĩke Njirũ, amu
Waku wa ngoro nĩ Wanjirũ, hamwe
Mũrĩmage gũkuumia, na inyuĩ Njirũ ĩno
Mũrathimwo mũthegee hinya wa
Gwaka mũciũ wa Njirũ, getha
Mũciĩ na mũciĩ ciake nyũmba ya njirũ, na cio
Nyũmba na nyũmba ciũmbe mbarĩ ya Njirũ, nayo
Mbarĩ na mbarĩ ya Njirũ ĩkũrie wa Anjirũ
Mũhĩrĩga mũhĩrĩgo wa bũrũri mũrũmu.

Wambũi na Mbũi
Ciarwo rĩngĩ wĩtĩke Mbũi, amu
Waku wa ngoro nĩ Wambũi, hamwe
Mũrĩmage gũkuumia, na inyuĩ Mbũi ĩno
Mũrathimwo mũthegee hinya wa
Gwaka mũciũ wa Mbũi, getha
Mũciĩ na mũciĩ ciake nyũmba ya Mbũi, na cio
Nyũmba na nyũmba ciũmbe mbarĩ ya Mbũi, nayo

Mbarĩ na mbarĩ ya Mbũi ĩkũrie wa Ambũi
Mũhĩrĩga mũhĩrĩgo wa bũrũri mũrũmu

Wanjikũ na Njikũ
Ciarwo rĩngĩ wĩtĩke Njikũ, amu
Waku wa ngoro nĩ Wanjikũ, hamwe
Mũrĩmage gũkuumia, na inyuĩ Njikũ ĩno
Mũrathimwo mũthegee hinya wa
Gwaka mũciũ wa Njikũ, ….

Wangũi na Thiegeni
Ciarwo rĩngĩ wĩ Ithiegeni
Amu Wangũi no we Mũthiegeni
Mũrĩmage gũkuumia, na inyuĩ Ngũi ĩno …

Waithĩra na Ngeci
Ciarwo rĩngĩ wĩ Ngeci, amu
Waku Waithĩra no we Wangeci
Mũrĩmage gũkuumia, na inyuĩ Ngeci ĩno …

Njeri na Mũcera
Ciarwo rĩngĩ wĩ Mũcera, amu
Waku Njeri no we Wacera …

Nyambura na Mwĩthaga
Ciarwo rĩngĩ wĩ mwĩthaga, amu
Nyambura no we Mwĩthaga …

Wairimũ na Gathigia
Ciarwo rĩngĩ wĩ Gathigia, amu
Wairimũ no we Gathigia …

Wangarĩ na Ngarĩ
Ciarwo rĩngĩ wĩ Ngarĩ, amu
Waku nĩ Wangarĩ …

Warigia na Kamũyũ
Ciarwo rĩngĩ wĩ Mũyũ, amu
Waku no we Wanjũgũ kana Warigia kana Wamũyũ
Mũrĩmage gũkuumia
Mũrathimĩke mũthegee
Mwake mũciĩ wa Mũyũ
Mũciĩ na mũciĩ ĩtuĩke nyũmba ya Mũyũ
Nyũmba na nyũmba mbarĩ ya Mũyũ
Mbarĩ ĩhĩrĩge AicaKamũyũ
Mũhĩrĩga mũhĩrĩgo bũrũri mũrũmu.

Hau nĩ ho kĩhumo kĩa marĩtwa ma
Mĩhĩrĩga kenda mũiyũru
Ambũi, Anjirũ, Agacikũ, Angũi na no o Athiegeni
Angeci na no o Aithĩrandũ , Aceera,
Ethaga na no o Akĩũrũ kana Ambura,
Airimũ na no o Agathigia, Angarĩ,
Aicakamũyũ, na no o Anjũgũ
Kenda mũiyũru.

20

Ũhiki wa Mbere

Wa Njirũ na Wanjirũ nĩ guo wanjirie;
Wanjirũ ehumbĩte mũthuru wa rũwa rũhoro wega,
Rũtirihĩtwo na ngũgũtũ na ciũma mĩhari magũrũinĩ,
Mĩgathĩ mĩnyitu ngingo na ĩngĩ ĩkagwĩra nguo ya igũrũ gĩthũriinĩ,
Akinyũkia ũguo, hang'i matũ ikainaina itwaranĩte na mũkinyũkĩrie
wake, nake

Mwanake nĩ nguo ya rũwa ĩramũiganĩra wega ta ombirwo nayo,
Ĩtũmage oneke arũngarĩte ta Nũngari wa Mũrũngarũ
Rũciinĩ Gĩkũyũ na Mũmbi magĩũkĩra tene riũa rĩtanaratha,
Makĩrũgama nja gatagatĩ, nyoni inyuranyurage mĩtĩinĩ, mĩena yothe
Makiuga thaai magĩtatagia maaĩ tĩĩriinĩ marorete Kĩrĩ Nyaga:

Mũmbi akiuga
Maaĩ nĩ mo muoyo wa andũ, nyamũ na mĩtĩ
Maaĩ nĩ mo maathondekire ndoro ya muoyo
Ĩrĩa yagwatirio ũrugarĩ nĩ mĩrũri ya riũa
Ikĩambĩrĩria kũhihia mĩhũmũ ya muoyo,
O na rĩu tĩĩri ũnyuaga maaĩ mbegũ igaciara.

Gĩkũyũ akiuga
Mwenenyaga Mũrungu Ngai Mũgai
Twehererie thahu kuma mĩena yothe;

111

Igūrū, mūhuro, irathĩro kana ithũĩro
Reke ngoro ciaya itheranĩre ta maaĩ maya.

Mũmbi akiuga
Rathima ciana ici na maaĩ maya na
Tũcũcũ tũguka tũcũkũrũ rĩu mĩndĩ na mĩndĩ
Manyitithanie na hinya wa arĩa aitũ maathire tene
Arĩa me ho rĩu na arĩa magoka, ũtatũ wa muoyo.

Mũmbi na Gĩkũyũ makiuganĩra
Thaai thathaiyai Ngai thaai
Thaai thathaiyai Ngai thaai,
Thaai thathaiyai Ngai thaai

Mĩarahũko yakinya, na meroreirwo nĩ arĩ a nyina na anake ao,
Arĩa nao mehumbĩte kĩĩrorerwa kĩa njũwa, mĩgathĩ na magemio mĩthemba,
Wanjirũ na Njirũ makĩrũgama mbere ya Gĩkũyũ na Mũmbi;

Gĩkũyũ akiuga
Ũyũ nĩ ũhiki wa mbere mũciĩ ũyũ,
Rĩrĩ nĩ igongona rĩa gũkũngũĩra kĩambĩrĩria kĩa mũciĩ ũngĩ.
Theremai mũingĩhe gũkĩra njata cia matuinĩ.

Mũmbi akiuga
Kĩambĩrĩria gĩa kĩambĩrĩria ũingĩ,
Kĩambĩrĩria ngwacĩ nyingĩ.
Kĩambĩrĩria kĩa rũciũ rũngĩ

Gĩkũyũ akiuga
Muoyo nĩ ũrĩ na ndũrĩ kĩambĩrĩria
Muoyo nĩ ũrĩ na ndũrĩ kĩrĩkĩrĩro
Kĩambĩrĩria nĩ kĩrĩkĩrĩro na kĩrĩkĩrĩro nĩ kĩambĩrĩria.

Mũmbi akiuga
Kĩambĩrĩria na kĩrĩkĩrĩro nĩ itonyanĩte.
Kĩrĩkĩrĩro nĩ kĩambĩrĩria kĩa mũkinyũkĩrie ũngĩ,
Kĩrĩkĩrĩro kĩa ũndũ ũmwe nĩ kĩambĩrĩria kĩa ũrĩa ũngĩ,
Gĩkuũ kĩa mbeũ ĩmwe nĩ maciaro ma iria nyingĩ.

Gĩkũyũ akiuga
Kĩambĩrĩria kĩerũ kiumaga harĩ kĩrĩa gĩkũrũ,
Kĩrĩa nakĩo kĩambĩrĩirio nĩ kĩambĩrĩria kĩngĩ
Gatagatĩinĩ ga kĩambĩrĩria na kĩrĩkĩrĩro,
Nĩ harĩ twambĩrĩria na tũrĩkĩrĩro tũingĩ, ta marũngo ma kĩgwa,
Gĩtina na mũthiya nĩ itonyanĩte: kĩnenganĩrĩrio kĩa muoyo.

Mũmbi akiuga
Indo ici tũkũmũhe nĩ kĩambĩrĩrithia kĩa ũtũro mwerũ; tondũ
Wee mũirĩtu woima thome ũyũ; mwanake thome ũngĩ,
Inyuerĩ mwambĩrĩrie thome ũngĩ mwerũ,
Thome na thome igaka thome wa gatatũ,
O ũguo o ũguo kĩnenganĩrĩrio kĩa muoyo.

Gĩkũyũ akiuga
Indo ici nĩ cia kũmumagaria rũgendoinĩ rwa muoyo,
Mũndũ agĩthiĩ rũgendo nĩ atumagwo rĩgu.

113

Mũmbi akiuga
Na twamũnengera rĩtwainĩ rĩa aciari,
Arĩa twĩ haha na arĩa matanahota gũkorwo haha.
Kuma ũmũthĩ aciari a mwanake na aciari a mũirĩtu,
Marĩrutaga kĩambĩrĩrithia kĩa mũciĩ mwerũ,
Kumagaria ciana na kũmambĩrĩrithia mũciĩ mwerũ.

Gĩkũyũ akiuga
Kuma rĩu mwanake ũyũ nĩ mũriũ wakwa
Arĩnjĩtaga awa; kuma rĩu aciari anyu nĩ ana.
Arĩa rĩu twatuma ũthoni
Arĩa mũgũciara marĩnjĩtaga guka
Na mageta ithe wa mwanake guka.

Mũmbi akiuga
Naniĩ makanjĩta cũcũ,
Na nyina wa mwanake cũcũ.
Rĩu mwanake ũyũ nĩ kĩhĩĩ gĩakwa,
Kĩrĩnjĩtaga maitũ kana nyaciara
Nawe wĩtage nyina wake nyaciara.

Kĩambĩrĩrithia mũciĩ mwerũ
Hiũ igĩrĩ cia kũrĩma nĩ cio mambire kũheo
Magĩcoka makĩheyo mbegũ cia kũhanda,
Mwere, mũhĩa, ngwacĩ, ikwa na ndũma.
Makĩamũrĩrwo indo cia muoyo igĩrĩ igĩrĩ:
Kamori na gategwa; harika na thenge; kagondu na gatũrũme.

Makĩoroterwo gwa kuna gĩthaka,
Magĩtue mũgũnda wa kũrĩma,
Na kũu kũngĩ gwa kũrĩithĩria mahiũ.
Makĩheyo nyũngũ, ciuga na inya, nene na tũniini.
Makĩheyo matimũ merĩ na ngo igĩrĩ,
Na nguo na magemio mangĩ.

Igongona rĩa kwenyũrana njahĩ
Wanjirũ na Njirũ wake makĩenyũrana njahĩ ĩmwe,
Makiuga marĩhandaga na kũrĩmĩra marĩ hamwe,
Kũnyitanĩra wĩra kũringana na ũhoti wa mũndũ,
Atĩ njahĩ ĩrĩa yoneka makenyũrana na gĩtĩyo.

Gĩkũyũ akiuga
Tondũ rĩu nĩ mwenyũrana njahĩ ĩmwe:
Mũrĩmage gũkumia,
Mwĩhũnagie na mũhũnagie ciana.

Magĩcoka mwanake agĩtinia nyama njororo ya kĩande akĩne wake,
Wanjirũ akĩoya kahiũ agĩtinia kororo o ho akĩnengera wake.

Mũmbi akiuga
Tondũ rĩu nĩ mwatinanĩria kĩande kĩa mbũri,
Moko manyu nĩ mohithanio gĩtinainĩ kĩamo,
Mũrĩithagie igaciara ingĩ na ingĩ,
Moko manyu nĩ mohanio hamwe.
Marĩmage gũkuumia.

Gĩkũyũ na Mũmbi makiuganĩra
Mũthuuri na mũtumia mwake mũciĩ mwerũ,
Mũrathimwo mũtũciare nao matũciarĩre tũcũcũ,
Muoyo nĩ kĩnenganĩrĩrio.

Gĩkũyũ akiuga
Na mũtumia nĩ we ũkuuaga mũnenganĩrĩrio ũcio,
Muoyo, wĩ wa arũme kana wa airĩtu, mĩeri kenda,
Mũtumia nĩ nyina wa muoyo.
Tondũ nĩ we ũkuuaga nyũngũ ya muoyo.
Mũtumia nĩ mũmbi tũkamũcokeria ngatho.

Iheyo ciarĩka, Wanjirũ na Mũthuri wake makiumagario
Na nyĩmbo na ndarama nginya nyũmbainĩ yao,
Airĩtu mainage rwa kũmumagaria akiuma kĩrĩrĩ,
Nao anake arĩa angĩ nĩ kũrurumĩria, amwe ao
Makĩeraga mwena na mwena gũtwarana na rwĩmbo.

Gĩkũyũ na Mũmbi magĩthiũrũrũka nyũmba ya Njirũ na Wanjirũ,
Mũmbi arutĩtie mwena wa ũmotho, Gĩkũyũ wa ũrĩo
Makĩminjaga maaĩ na icuthĩ magĩtũngana mũrangoinĩ:
Njirũ na Wanjirũ makĩingĩra mũciĩ wao
Makiugagĩrwo ngemi nĩ acio angĩ.

Mohiki macio mangĩ mekirwo o ta ũcio wa mbere.
O thikũ kenda ciathira, ũhiki,
Wa Wangũi nĩ guo warĩ wa kenda
Rĩu hagĩtigara wa Warigia
Mahingie ũhiki wa kenda mũiyũru.

21

Warigia

Thikũ ingĩ kenda ciathira maitho makĩrora kwĩ Warigia na mwanake
wake,
O ũrĩa waremirwo nĩ gũthiĩ na arĩa macokeire kĩrĩmainĩ,
O ũrĩa watihirio nĩ mũrũthi makĩmũtua Kĩhara
O ũrĩa ningĩ wamunyire Mwengeca rũcuĩrĩ rũrĩmĩinĩ
Acio angĩ othe mamwendete ta maciaranĩirwo hamwe, tondũ wa

Kũrĩanĩra na kũnyuanĩra na kũnyitanĩra mbaara, na
Mwanake ũyũ nowe wambire kũregana na marimũ ma mũnyũ
werũinĩ.
Na airĩtu a nyina, othe kenda, makenda Warigia tondũ
Nĩwe warĩ kĩhinga nda kĩao othe,
Na othe nĩ maamũrerire, macindanage nũũ ũkũmũkuwa na ngoi,
kana

Kũmũhe irio, kũmũthambia kana kũmũhumba nguo.
Warigia akũrire na akĩigana othe makĩmuonaga makĩmũnanagia
Ũhiki wake wamakenagia othe mũno na marĩ na iheyo nyingĩ.
No Gĩkũyũ na Mũmbi matanambĩrĩria kĩrathimo,
Mwanake akĩũria etĩkĩrio oige kiugo kĩmwe.

Ndĩrenda kwarĩria Awa na maitũ, mwanake akiuga
Amu ndingĩmwĩta ũndũ ũngĩ,
Tondũ mũnyamũkĩire o ta mwana wanyu,

Ndĩrenda mũmenye atĩ ndigarũrũkĩte o na ha
Ngoro yakwa na ya Warigia iratuuma ũndũ ũmwe.

No nĩ ndĩraigua ndingĩhota kũhingia watho ũrĩa,
Wa atĩ no mũhaka mũthuuri na mũtumia maikare o gũkũ.
Tondũ, o na ngoro ĩkĩendaga gũikara gũkũ
Nĩ ndĩraigua ngĩgucio nĩ kũrĩa ndoimire, na nĩ ndoria
Njĩtĩkĩrio njoke na Warigia gwitũ, we na aciari akwa mamenyane.

Nĩ weka wega kumbũra ũrĩa ũragũtanga ngoro, Gĩkũyũ akiuga:
Amu kĩrĩ ngoro gĩtihootanaga. '
Ciugo ciaku nĩ ciatheca ngoro ndĩ mũciari,
Mwana kũririkana mũmũciari nĩ kĩrathimo
Ningĩ mũciarwo nowe ũtuĩkaga mũciari.

No ningĩ gwakwa gũtirĩ wa nda na wa mũgongo,
Nĩ kĩo ndagwetire watho ũcio ngoro itanahungurana,
Na arĩa maaremirwo nĩ guo, magĩthiĩ.
O nawe ndingĩkũgiria wĩke ũrĩa ũkwenda!
No Warigia ndegũtigithanio na aya angĩ.

Mwanake akĩrora Warigia ta ũyũ waringwo iringa ngoro,
Akinya makinya maigana ũna ta arĩ gũthiĩ,
Akarũgama akehũgũra ta arĩ ũyũ ũrenda gũcoka.
Rĩrĩ rĩngĩ agĩkinyũkia kahoora na ya thome.
Warigia ndetĩkagia atĩ mwanake no athiĩ.

Nĩ ndĩmwendete inyuothe arĩ-a-maitũ, Warigia akĩaria,
Awa na maitũ makĩria, tondũ nĩ aciari akwa,
Na ndoigire ndikamatiga gũkũ marĩ oiki
No niĩ ndiretĩkania na watho ũyũ, tondũ.
O na anake aya nĩ andũ o ta niĩ, na nĩ maatigire kwao,

O na inyuĩ mwoimire kũraya mũgĩtoria mathĩna,
Mũgĩaka mũciĩ haha Mũkũrũweinĩ wa Gathanga.
Ndatũũra haha ndĩriugaga no maitũ ũĩ kũruga wega.
O naniĩ nĩ ngũrũmĩrĩra ngoro yakwa, o ta inyuĩ
O na niĩ nĩ ngumagara ngacarie mũkũrũweinĩ wakwa.

Warigia ndetereire ithe kana nyina moige ũndũ,
Ngoro ndĩkahũthe ericũkwo, amu nĩ amendete mũno,
Na kuma aciarwo gũtirĩ muoyo ũngĩ oĩ tiga wa aciari ake.
Akĩoya magũrũ arũmĩrĩire ngoro yake,
Nao airĩtu a nyina makĩmũrũmĩrĩra makĩinaga:

Rara rara
Rara
Rara na nĩ we
Rara
Wangere ĩyo
Rara
Ya maĩ na mũtu
Rara
Warigia witũ
Rara
Woigire ndũkandiga
Rara
Na rĩu nĩ wathiĩ.

121

No rũu rũtiarĩ rwa kũmũruta kĩrĩrĩ,
Rũrũ rwarĩ na kĩeha kĩa mũtigano.
Maacokire mũciĩ Warigia wao abuĩria.
Gĩkũyũ na Mũmbi mahanire ta aya morwo nĩ kanua,
No ningĩ o erĩ makeyona kĩũgainĩ kĩa Warigia,

Tondũ ekire o ta ũrĩa o meekire,
Kũrũmĩrĩra ngoro ciao
Gĩĩko kĩu gĩkamaririkania mũhũũro wa ngoro ciao tene.
O na akorwo o nĩ ũgwati watũmire moye rũgendo.
Warigia nĩ we wamatũkia.

Gĩkũyũ akiuga
Thaai mwenenyaga rora ciana icio,
Riũa rĩara mũno ũmonie kĩĩruru,
Mbura yoira mũno, ũmonie ha kwĩyũa,
Matũngana na nyamũ njũru,
Mĩhumbe maitho ndĩkamone.
Mehererie marima, mĩrimũ na marimũ njĩrainĩ.
O kũrĩa marĩrĩkĩrĩria nĩ akwa.

Mũmbi akiuga
Thaai nĩ gũtuĩke guo,
Thaai makinyĩre njĩra gatagatĩ,
Thaai o na o nĩ makanjiarĩra tũcũcũ na tũguka.

22

Kumagwo nĩ Gũcokagwo

Mbarĩ ya kenda nĩ yathegeire,
Makiuna ithaka magĩcitheria,
Magĩtheremia mahiũ, magakama iria
Makĩaramia mĩgũnda makĩhanda
Igĩkũra makĩgethera makũmbĩ

No gũtirĩ kĩarehire gĩkeno,
Ta rĩrĩa Kenda yaiguire,
Nyũngũ ya muoyo yambĩrĩria kwarama,
Nda kenda igatuĩka gĩthiũrũrĩ gĩa itunda,
Makĩmenya mũruru wa muoyo nĩ warura,

Makagegio nĩ kĩama gĩkĩ muoyo gũkuwa muoyo ũngĩ,
Gũthoithĩra mĩĩrĩinĩ yao, makaririkana ũrĩa Gĩkũyũ oigire,
Atĩ mũtumia nĩ nyina wa muoyo wĩ wa kairĩtu kana kahĩĩ,
Na wega no ciana igocage ithe na nyina wao hingo ciothe,
Na makĩria nyina ũrĩa wamakuire mĩeri kenda.

Ciana ciambĩrĩria gũka,
Gĩkeno kĩngĩ gĩgĩtuthũka
Icio ngemi ithano cia kahĩĩ,
Icio ingĩ ithano cia kairĩtu,
Aciari a rũciũ rwa rũrĩrĩ!

Iruga rĩa gũcũgia ciana kenda ũngĩ,
Rĩgĩthagathagwo, nyĩmbo igĩtungwo,
Ndarama, mĩtũrirũ na ciĩgamba igĩthagathagwo,
Kwamũkĩra kenda ũngĩ wa tũhĩĩ na tũirĩtu,
Nyũmba ya Mũmbi yanjirio nĩ mũtumia na mũndũrũme.

O rĩrĩ iruga rĩatua kwambĩrĩria,
Makĩona mũrũthi thome,
Wĩhandĩte na magũrũ merĩ ta,
Ũrenda kũmarũgĩrĩra,
Anake magĩteng'erera matimũ,

No Gĩkũyũ akĩmera matĩmĩre, tondũ
Mũciĩ ũcio ndũrĩ woimĩrĩrwo nĩ mũrũthi
Umĩte na thome kana na nyunjurĩ.
O hĩndĩ ĩyo mũrũthi ũrĩa ũkĩĩguũria mũtwe,
Na othe makĩamba kũmaka,
Magĩcoka kũrekia rũbu rwa gĩkeno.

Tondũ monire Warigia arũngie thomeinĩ,
Nda yake ĩigana o ta ciao rĩrĩa mararĩ hakuhĩ,
Na kamũira mamũrie nĩ atĩa ici cia mũrũthi
Nĩ ambĩrĩirie kũrũmwo, mwana akĩũria ahingũrĩrwo,
Iruga rĩa gũcũgia kenda rĩgĩtuĩka rĩa gũcũgia kenda ũngĩ mũiyũru.

Warigia akiuga
Nĩ ndakena nĩ kũnyamũkĩra,
Mũgogo wa kũringa rũũĩ mũtiaweheririe

Hatirĩ nganja kumagwo nĩ gũcokagwo.
Kuma ndĩ o mũnyinyi ndũire nyenda gũkinya
Makinya marĩa Gĩkũyũ na Mũmbi mwakinyire,

Ngerere njĩra mwagereire,
Nyuĩrĩre kiuga mwanyuĩrĩire,
Ndĩthambe na ta marĩa mwethambire namo
No mwĩĩro wa ngoro ndũkinyaga,
Kana ndũkinyaga ta mũrotere.

Wa magũrũ makwa nĩ mũũĩ,
Mwĩrĩ mũgima wĩhandĩte magũrũinĩ ma mwana
Atĩ rĩrĩa mwathiĩ mũtitũ kũhĩta
Ndaatigagwo haha nja ngĩrĩra.
Na nĩ guo naniĩ ndambĩrĩirie kwĩruta kũratha,

Kũnoora wathi wakwa na nyoni kana itugĩ
Nginya maitho makwa makĩmenyera kuonaga
Njĩra o na ĩ rĩerainĩ atĩ ndathimithia mũguĩ
Maitho makwa nĩ mambĩte kuona harĩa ũkũgera
Mwakinya mũciĩ ngakorwo hithĩte mĩguĩ yakwa.

O na kũhaica mĩtĩ nĩ ndageragia
O na kũrũga kũroria harĩa ingĩhota na magũrũ macio
O na inyuĩ nĩ mũũĩ ũrĩa ndendete kwĩĩkĩra maũndũ
Kwĩyonia atĩ wonje wa mwĩrĩ ti wonje wa ngoro
Na ngoro na kĩongo nĩ cio ciathaga mwĩrĩ.

Rĩrĩa maitho makwa magwĩrĩire ũrĩa mwetire Kĩhara
Ngĩigua ngoro yakwa yahenũka ngiuga ũyũ nĩ we
O na athiĩ kĩrĩmainĩ ndaiguwaga ta tũrĩ o hamwe
Rĩmwe ngĩthiĩ rũũiinĩ harĩa mwethambĩire na njikarĩire ihiga
Ngĩigua ta ndaigua mũgambo wake rũũiinĩ

Nĩ kĩo ndaarokaga rũũiinĩ o mũthenya
Ngaigua ta aranjarĩria kũnjĩra ndĩyũmĩrĩrie
Rĩngĩ akanjĩra tũthake maaĩinĩ
Na ũguo nĩ guo ndaatindagĩra
Gũthaka na makĩria gũteng'erania nake maaĩinĩ

Rĩrĩa rĩmwe ndaiguire kahinya kanyingĩra magũrũ ndietĩkagia
Ngĩcoka ngĩona nĩ ndĩrahota kwĩrũgamia maaĩinĩ
Ngĩambĩrĩria gũkinyũkia maaĩinĩ ndoretie moko kwĩ wa niĩ
Rĩrĩ rĩngĩ ngĩgeria thĩ nyũmũ na ngĩigua nĩ marerũgamia
Nĩ rĩo mũthenya ũmwe ndoimĩrĩire aciari akwa na magũrũ
marũngarũ.

Thutha ũcio nĩ rĩo mwacokire kuma kĩrĩmainĩ
Na ngĩmenya atĩ mũthenya ũrĩa ndainũkire na magũrũ makwa
No rĩo mwanake wakwa amunyire rũcuĩrĩ rwa Mwengeca
Na mwacoka kuma kĩrĩmainĩ ngĩigua ngoro yakwa ĩrĩ o harĩ we
Nĩ kĩo rĩrĩa oigire nĩ egũthiĩ naniĩ ngĩmuma thutha.

Ndamũkorire aremereire mũhuro wa thome
Arigĩtwo kana nĩ gũthiĩ andige,
Kana nĩ acoke athaithe Awa o rĩngĩ,

Na rĩrĩa anyonire akĩhana ta ariũka,
Nyoni ya ithagu rĩmwe ĩkĩgĩa mathagu,

Ngũkiuga atĩa? Nĩ ma tuombũkire,
Na nĩ tuonire magerio maingĩ,
Gũteng'erio nĩ nyamũ na marimũ,
No wa niĩ ndangĩenyenya
We no kũmenyithia marĩa mwamenyeire rũgendoinĩ,

Twathiire thĩ nyingĩ mĩthenya mĩingĩ
Na o rĩrĩ anyonia ndogo ya kwao,
Ngĩrũgĩrĩrwo nĩ mũrũthi,
Wa niĩ akĩrũgania naguo ũtananginyĩra,
Makĩng'eng'ana kũgaragarania,

Ndiũĩ kũrĩa arutire hinya ũcio,
No mũthiainĩ nĩ aũikirie itimũ akĩũtheca,
Ngĩigua igoromoka rĩa kũhehia thakame
Mũrũthi ũgĩtigania mwanake ũkĩũra
Wũi, ngĩthiĩ harĩ we no maitho marandora,

Aririe o kiugo kĩmwe tu, atĩ njoke gwitũ,
Agĩcoka agĩkira ikira rĩrĩa rĩtatumũkagwo.
Nĩ ndang'eng'anire na mwĩrĩ, na ngĩmũthika.
Naniĩ ngĩamba gũikara hau maithori matiroima kana kĩĩ
O na gwĩciria ũrĩa ngwĩka kana itegwĩka ndirahota.

Ndĩrĩ o hau nĩ guo ndaikirie ritho na kũrĩa mũrũthi worĩire
Na ngĩwona wĩ handũ tũhutiinĩ ũnjikĩtie ritho
Ngĩririkana ũrĩa mũtwĩraga atĩ mũrũthi wacama thakame
Ũhanaga ta ũyũ wongererwo nyota wa thakame
Na ngĩambĩrĩria gwĩciria ũrĩa ngwĩthara ndĩũrĩre.

Itanakinyũkia ngĩigua ngunyĩrĩrĩ mwĩrĩ ngĩhũgũra
Mũrũthi ũrĩa, itimũ rĩrĩa wathecetwo narĩo rĩrĩ mwĩrĩ,
Ngĩwona ũteng'erete na kũrĩ niĩ ũninanĩrie na mũthuri wakwa
Naniĩ mĩtũkĩ ũta na mũguĩ moko ngĩũratha ũngĩ na ũngĩ
Ngĩona watĩmĩra ũgĩcoka ũkĩũra ũrorete na kũu gĩthaka.

Mũrũthi ũcio wanjũragĩra mũthuri ndũtiga kũũragana,
Ngũũcaria mũtitũ wothe irĩma ciothe mĩkuru yothe,
Ngũũrũmĩrĩra nginya mũico wa thĩ ndũkanaite ya ũngĩ.
Ngĩcoka ngĩũngania itimũ rĩa mũthuri o hamwe na mĩguĩ yake
Ngĩcuuria irangi igĩrĩ ng'ong'o ngĩingĩra mũtitũ.

Ngĩrũmĩrĩra gacĩra ga thakame
Mũthenya na ũtukũ ndĩrĩ o thahainĩ
Nginya mũthenya ũmwe kĩrũciinĩ
Ngĩwona ũkomete handũ nyekiinĩ
Ndarĩ mũnogu no ngĩigua ta ndaigua hinya ũngĩ,

Ngĩcaria handũ he na mĩtĩ ĩĩrĩ
Yahũkaine yumĩte gĩtina kĩmwe
Ngĩcomora mũguĩ ngĩũgeta ngĩratha

Mũrũthi ũkĩrũga wathamĩtie kanua ũkĩte na harĩa ndaarĩ
Ngĩũkia itimũ kanua ngĩrũmĩrĩria na mĩguĩ

Wagwa ngĩũthĩnja rũwa.
Ngĩrũigĩrĩra kĩande njarie njĩra ya kũinũka
Ngĩcoka ngĩnyitwo nĩ rĩciria rĩa gwĩkunĩka na rũwa
Rwa mũrũthi o ũcio ũrandunyire mũthuuri,
Nyamũ na marimũ makanjeherera njĩra, na

Ngeyũmĩrĩria atĩ niĩ na wa niĩ tũrĩ o hamwe,
Na ningĩ ndĩ mwarĩ wa Gĩkũyũ na Mũmbi,
Wanjũgũ ũrĩa waiyũririe kenda ũgĩtuĩka mũiyũru.
Nĩ niĩ ũyũ rĩu na kĩongo kĩa mũrũthi ũcio,
O hamwe na rũũwa,

Nĩ getha muoyo ũyũ twathagayana,
Mwana ũyũ muoigĩra ngemi ithano
Ngamwonagia ũrĩa ithe akuire,
Atĩ kũna oragirwo nĩ wendo,
Wa aciari ake na wa mũtumia wake.

23

Magongona ma Gūkindīra Ūthoni

Gīkūyū na Mūmbi, na arīa othe magomanīte,
Nī maamakire mūno nī ūgwati ūcio watunyire Warigia mūthuri,
No ningī makagegio nī ūcamba wa mwanake na wa Warigia.
Gīkūyū na Mūmbi magītua atī, nī ūndū wakūririkana mwanake ūcio,
Na gūkenera Warigia gūcoka e muoyo, magongona ma ūhiki
mekuongerereka ūū:

Matega ma kūhanda ithīgī na aciari kūmenyana
Aciari a mwena wa mwanake magatega kwa aciari a mūirītu:
Thutha wa ndīa mwanake agekīra mūirītu mūgathī ngingo.
Gūkainwo nyīmbo, kūhūra mahembe na kūhuha coro na mītūrirū.
Maikaranga nao aciari a mūirītu magatega kwa aciari a mwanake.
Thutha wa ndīa mūirītu agekīra mwanake ngwaro guoko,
Gūkīinagwo nyīmbo na ihembe na coro na mītūrirū.
Matega macio merī nī ma kīmenyano kīa mūciī ūyū na ūyū,
Matega macio meerī nī mo igongona rīa kūhanda ithīgī.

Igongona rīa kwenyūrana njahī
(kana iruga rīa kīambīrīrithia mūciī)

Magongona ma kīambīrīrīthia magoka mūthenya ūngī,
Aciari a mwena ūyū na ūyū ūngī magategera ahikania,
O ta ūrīa Gīkūyū na Mūmbi meekire harī kenda,
Indo cia kūmateithia kīambīrīria kīa mūciī mwerū.

24

Kwĩgaya kwa Gĩkũyũ na Mũmbi

Mĩeri kenda yathira kuma Warigia acoke kwa aciari mũ̃ciĩ,
Gĩkũyũ na Mũmbi nĩ metirie mũgomano wa Kenda Mũiyũru
Na athuuri ao kenda mũiyũru na tũcũcũ na tũguka twao
Makĩrĩa irio makĩnyua ũcũrũ makĩina makĩhũra ihembe
Hwaĩinĩ gũtanagĩa gatuma akĩmaarĩria:

Gĩkũyũ akiuga
Rĩu nĩ mũrona mbuĩ nĩ ciahumbĩra kĩongo,
O na mĩgambo itũ nĩ yagire hinya,
Guoko gũtingĩikia itimũ kana kũrũmie rũhiũ,
Maitho matingĩona gĩthiũrũrĩ tũrathe mũguĩ, no tũrĩ arathime:
Kenda mũiyũru nĩ mwatũhee mĩhĩrĩga kenda.

Ihinda ritũ nĩ ikinyu,
Rũciũ nĩ tũgũthiĩ rũgendo rũngĩ,
Tũrorete kĩrĩmainĩ harĩa tuoimire, kĩrĩma
Kĩrĩa o na inyuĩ mwambatire rĩmwe na mũgĩcoka
No twaga gũcoka, ngũmũtigĩra ciugo ici:

Mũtikanjarie waganuiinĩ
Mũtikanjarie ũtunyaniinĩ,
Mũtikanjarie ũgũtainĩ,

Mũtikanjarie ũnũhuinĩ,
Mũtikanjarie rũmenainĩ
Mũtikanjarie mbaarainĩ itarĩ kĩene
Mũtikanjarie thakameinĩ ya ũnũhu
Amu rĩtwa rĩakwa ti rĩakũgwetagwo
Nĩ tũnua tũraharĩria gwĩka waganu.

Mũmbi akiuga
Njariai maaĩinĩ,
Njariai rũhuhoinĩ,
Njariai tĩĩriinĩ,
Njariai mwakiinĩ,
O na riũainĩ
O na njatainĩ,
Njariai mburainĩ,
Njariai mahandainĩ,
Njariai magethainĩ,

Njariai wendaniinĩ,
Njariai ũrũmweinĩ,
Njariai ũteithanioinĩ,
Njariai harĩ arĩa marahinyĩrĩrio
Nĩ gũkinyĩra ma na kĩhooto
Arĩa marahe ahũtu irio, anyotu maaĩ.
Njariai harĩ arĩa marateithia arwaru,
Njariai harĩ arĩa matarĩ na gĩa kwĩhumba kana ha gũkoma.
Njariai harĩ arĩa marakũria rũrĩrĩ na bũrũri ũmũndũinĩ wa andũ.

Gĩkũyũ na Mũmbi makiuganĩra
Mweka ũguo,
Twĩ hamwe na inyuĩ
Rĩu na hingo ciothe mĩndĩ na mĩndĩ.

Ngatho

Kanya gatune nĩ mwamũkanĩro. Nĩ ndamathire kĩrĩra kuma kũrĩ arĩa mooĩ. Amwe makanyongerera ũhoro ũkamata; angĩ makandeithia kũrũnga haha na harĩa!

Amu, ingĩaria ma, rũrũ rũgano rwaganirwo tene nĩ ciĩko cia rũrĩrĩ kuma hĩndĩ ya Gĩkũyũ na Mũmbi na Kenda wao mũiyũru. Kwa ũguo haha ngũgweta anyinyi!

Njeeri wa Ngũgĩ; Njaũ wa Njoroge na Wambũi; Mũkoma wa Ngũgĩ; Wanjikũ wa Kabĩra; Kĩmani wa Njogu; Kĩarie Kamau; Kimani wa Nyoro : na Julius Maina Mũcori wa mbica. Nĩ ngũcokeria Emmanuel Kariũki ngatho, nĩ ũtuĩria wake ũrĩa wonanĩtie atĩ kĩhumo kĩa Agĩkũyũ na kĩa aingĩ arĩa meeĩtaga ciana cia Mũndũ, ta kĩarĩ mwena wa Mithiri. Mburogi ciake nĩ ho ndamenyeire atĩ kiugo mũtumia gĩtanĩtio na mũtamaiyũ. Nawe Kamoji Wachira twanaria nyingĩ ciĩgiĩ rũthiomi na ũkũria wa Kenya na Abirika, na cia thama cia andũ airũ Abirika.

Printed in the United States
By Bookmasters